来世の記憶

―鍋島佐賀藩の奇跡―

東　圭一

佐賀新聞社

登場人物

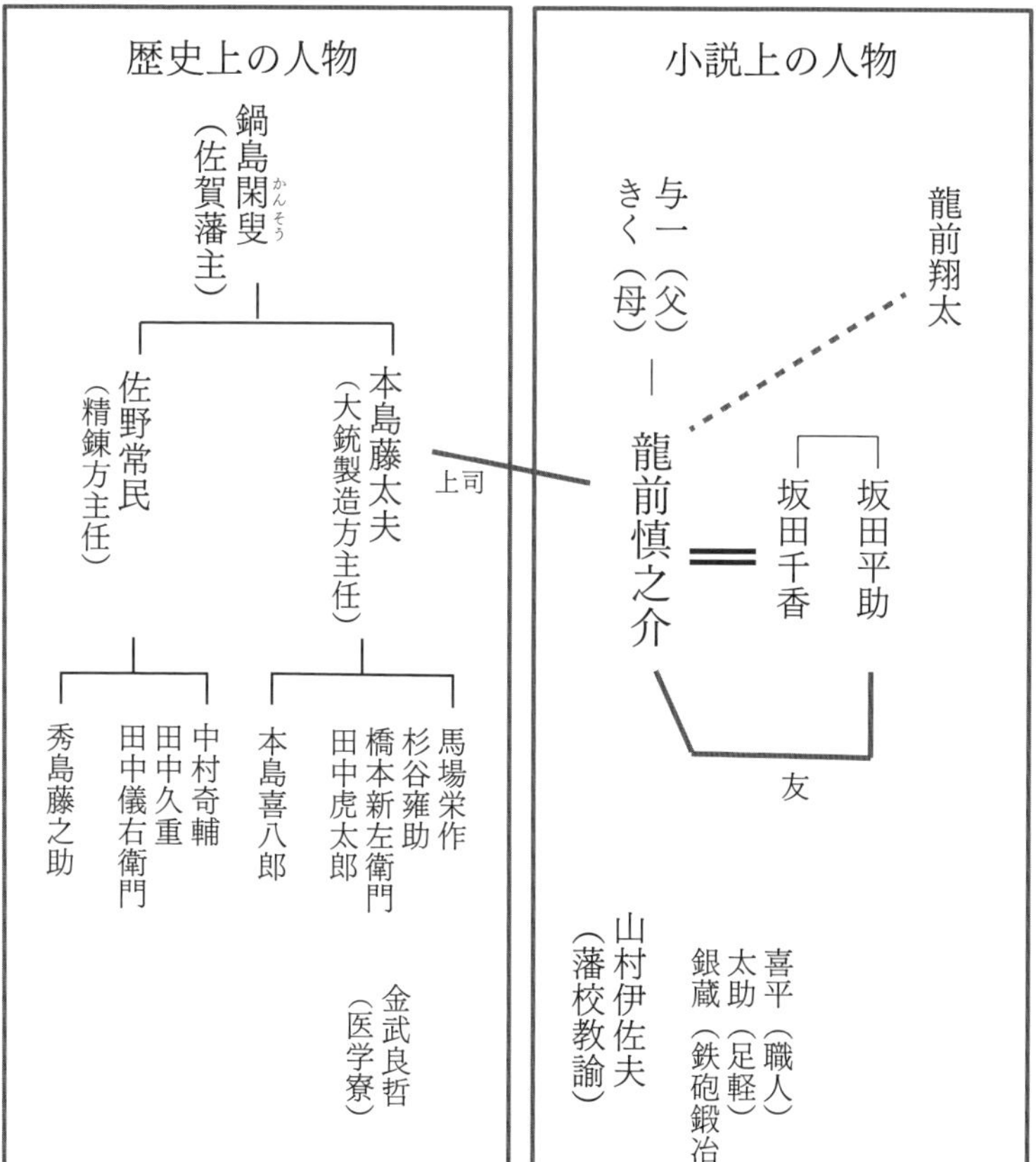
歴史上の人物
鍋島閑叟《かんそう》（佐賀藩主）
佐野常民（精錬方主任）
本島藤太夫（大銃製造方主任）
中村奇輔
田中久重
田中儀右衛門
秀島藤之助
馬場栄作
杉谷雍助
橋本新左衛門
田中虎太郎
本島喜八郎
金武良哲（医学寮）
上司
小説上の人物
龍前翔太
与一（父）
きく（母）
龍前慎之介
坂田平助
坂田千香
友
喜平（職人）
太助（足軽）
銀蔵（鉄砲鍛冶）
山村伊佐夫（藩校教諭）

目次

第一章　夢の記憶と洋算

一

「母さま、くれよんは、どげんした？　絵が描きたか」

慎之介の母、きくはこの五歳になる息子の怪体《けたい》な言動にいつも心を悩ませていた。

「お前は、何《なん》してそげな訳の分からんことば言いよる。しっかりしなさいませ」

そう言って息子の背中をたたくと、いつものように我にかえったようにきょとんとした顔をして、また屈託なく遊んでいる。そのたびにきくはため息をつくのが常であった。

慎之介は、肥前国佐賀藩士龍前《りゅうまえ》与一の一人息子として生まれた。家格は手明鑓《てあきやり》である。手明鑓とは、足軽ではなくれっきとした士分ではあるが、平侍のさらに下、藩では徒士とともに最も下級に位置する。特に藩士としての役はないが、十五石の切米が禄として与えられ、戦時には鑓一本持って奉公するように定められていた。藩士の三分の一がこの身分であったが、何代にもわたって泰平の世が長く続き、本来の御役目も忘れ去られているようで、名前だけが残っている形である。百姓ではないので米を作る田もなく、商いも禁じられていた。父の与一は家族の生活を支えるため、切米の大半を銭に変え、普段はわずかな畑を耕し、人足仕事に内職と出来ることは何でもしたので生活に窮することはなかった。

慎之介が五歳になるこの年、天保十一年（一八四〇）、佐賀藩三十五万石十代藩主、名君と謳われた鍋島閑叟《かんそう》（この時の名は斉正《なりまさ》、明治期に直正）は藩校である弘道館を城に近い松原小路から北堀端に移転拡充し、本館の他、大講堂、武芸場、寄宿舎等を設けるとともに蒙養舎《もうようしゃ》を設立した。蒙養舎では身分によらず六、七歳から十五歳までの藩士の子弟を教育することとした。家中、ことに手明鑓の家の者らはどよめきたった。手明鑓のような下士の子であっても幼少より上士の子らとともに同じ学校で教育を受けることができ、しかもその後は藩校である弘道館へ進み高等教育を受けることが出来るのだ。しかも嫡男だけではない、藩士の子息すべてが入学できるのである。これはこの時代、異例なことである。長崎御番の役を持つ藩主閑叟が如何に諸外国への危機感を持ち、有能な人材を育てようとしていたかがうかがえる。一方で閑叟は多くの役職を廃止し、藩役人の五分の一である四百人を一気に無役にするなどの徹底した歳出削減、財政改革を行い、弘道館も二十五歳までに卒業試験に合格しなければ家禄没収という厳しい規則を設けた。これより佐賀藩一藩による産業革命が始まろうとしていた。


「ありがたいことじゃなかか」

慎之介が寝た後、父の与一が針仕事をするきくに言った。

「学校のことでございますかの」

与一は頷いた。

「そうじゃ、慎之介も来年には藩校へ上がれるということじゃ、成績次第では上の学校へ上がれ、御役がもらえるということもあるらしか」

　この時代の武家の初等教育は、藩内で隠居した学識のある老人宅に子供が出向いて教育を受けるのが一般的で、特別に優秀な子は、別の先生に紹介され、藩校に進める場合もあったが、埋もれてしまうこともあった。それ以外に剣術道場にも通わなければならない。これらすべての教育を藩が無償で提供してくれるのであるから願ってもない話である。

　きくが、顔をあげた。

「ばってん、あん子は、たまに訳の分からんことを言いよるじゃろう、心配で心配でな……」

「そげん心配することはなか。教えれば字も読めるようになったし知恵が足らんちゅうわけでもなかろう」

　与一も教育熱心で、慎之介に字を教えたり、論語を読んだりし始めていて知恵が遅れているわけではないと確信していたが、時折見せる妙な言動は気になっていた。

　数日前にも妙なことを言っていた。与一が野良仕事から帰ると、

「父上、じゃんけんしよう。じゃんけんぽん」

　などと言って拳を前に突きだした。

「何じゃ、その遊びは。誰に教わった」

　と問うと、妙な顔つきになり黙って下を向いた。

　また、いろはを教えていると、急に
「いろはにほへと……あいうえお……じゃなかとか」

などと訳のわからないことを言って笑いだした。

きくが針仕事の手を止めて与一の方に膝を向けた。

「どうも心配じゃけん、学校上がるまでに一度祈祷師にでも見てもろうたらどげんかと思いましてな」

与一は祈祷師など信用してはいなかったが、きくの心配も分からぬでもない。

「そうじゃな、ばってん見てもらうなら、妙な祈祷師などでなく、大聖寺の住職にみてもらうのがよかよ。あんお方は若いころから大和の大峯山とかいうとこで相当な修行を積んだ験者様よ。人に見えんもんが見えるとも聞いておるけん、間違いなかとよ」


慎之介は、物心がついてからいつも不思議な思いにとらわれていた。しかしそれが自分だけのことなのか他の人にもあるのかが幼子ゆえ分からない。今の自分以外にもう一人の自分がいる様な気がしてならない。もう一つ別の家族がいる気がするのだ。それは現実の家族の記憶と比べれば薄ぼんやりとしているのだが、時折それが混じり合う時があるのである。もう一人の自分はやはり夢なのか。朝早く目が覚めた時など、自分が見ているこの世界が不可思議なものに思えてくる。この世の中心は自分であり、いや自分しかいなくて他の者は自分の眼に映る影ではないのかと。その影が二重になっているだけなのか。こんな思いを父母に伝えることは幼子の慎之介には永遠に不可能に思えた。

学校へ上がる年の正月、慎之介は父母に連れられて山寺の大聖寺へ向かった。よく晴れた日であったが、山道には北風が吹き、寒さが身にしみた。長い石段を登れば山の斜面に本堂の屋根が見えてきた。

五十過ぎに見えたその住職は慎之介を見るなり、この家族がここに何をしに来たかが分かったようだった。

与一が住職に腰をかがめた。

「和尚様、この子はたまにおかしげなことを言うもんで心配で」

住職は静かに笑った。

「その御子には何か憑いているようじゃな」

父母の顔色が変わった。

「狐狸の類でございましょうか」

きくが、おろおろとして聞いた。

「いや、悪いもんじゃないよ。狐狸や蛇でもない。何というかな、小さい、かわいらしい神さんのようなもんが憑いとるようだな」

父母は顔を見合せた。

「そげなこと……」

住職は本堂へ足を向けた。

「そのかわいらしい神さんにありがたい経を上げてしんぜよう。後ろで聞いておればよい」

三人は住職の後ろに座り、頭を垂れて神妙に経を聞いた。慎之介は、経を聞くうち、次第に自分の気持ちがすうっと晴れていくのが分かった。読経が終わると住職は振り返って慎之介の方を見た。

「坊はこれから、学校へ上がるのじゃな。しっかり励みなされ。さすればその神さんが助けてくれることじゃろう」

そして父母に向かって笑みを見せた。

「心配することはなかろう。このまま育てればよろしい。この御子が大きくなるにつれて憑いとる神さんも大きくなるかも知れんが、悪いことはない。きっとこの子を守ってくれることになる」

二人は安堵の表情で顔を見合わせ、深く辞儀をして慎之介を連れて寺を後にした。

帰り道、冬枯れの木立の中に早咲きの梅がちらほらと白い花を見せていた。青空に映えるその明るい梅の色を慎之介は後々までくっきりと覚えていた。なぜかと言えば、その時はっきりと理解できたのだ。この景色こそ、この世界こそが現実だと。自分は今現実と夢の世界をはっきり区別できると。夢の世界のことを現実と間違えることはもはやない。それと同時に、夢の世界のことを他人にしゃべらず、一切を封印しようと心に決めたのだった。

二

　慎之介が、藩校に通い出して三年がたち、十歳になった。真新しい弘道館の敷地は五千四百坪、西側に弘道館の主な建物があり、中央に内生と呼ばれる選ばれた子弟らが起居する寄宿舎があり、初等教育の蒙養舎は東側にあった。弘道館へ上がる歳は決まっておらずおよそ十六歳ぐらいであるが、十四歳で上がる優秀な者もいた。

　頭頂を剃り上げ、前髪を垂らした慎之介の年代の子らが習うのは、まずは漢文の素読《そどく》である。教材は『論語』『孟子』『大学』『中庸』のいわゆる四書で、これらの意味、内容を考えることなく、ただ口調のおもしろさに応じて暗唱し、読了する。意味を習わずとにかく声に出して読むのである。

たとえば、
　有子曰、其爲人也、孝弟而好犯上者、鮮矣。

とあれば、

「ゆうしいわく、そのひととなりやこうていにして、かみをおかすをこのむものはすくなし……」

と丸暗記のような形で読むのである。手本には訓点は付いているが、いろはを習ったばかりの子供には意味もわからぬ見たこともない漢字が並んでいるだけである。大人には苦痛としか思えないこのやり方も、漢文口調の面白さで、たいていの子は熱中して、皆で声を合わせて唱し、音から言葉が頭に入るようになる。字も目から覚えていく。意味は後から分かればよいというのが素読である。

漢文の素読以外に、習字、地理、算術、武芸等があった。年齢とともに儒学、和学等が加わる。算術は徳川時代に大いに普及し、どこの寺子屋でも算術および算盤を子供に教えていた。高度な和算も独自に発展していた。入門書としては塵劫記《じんこうき》がよく知られていて、命数法（桁）、掛け算九九、面積の求め方など基本的な項目が懇切丁寧に書かれていた。蒙養舎でもこれらと同等の内容の教育がおこなわれていた。

算術では後年使われなくなったものに、割り算の九九というものがあった。簡単に言えば十から五十までの十ごとの数字を二から九で割った答（商と余）が一覧表になっていてそれを覚えるのである。八算と呼ばれた。たとえば四の段であれば

四一　二十二　しいちにじゅうに　（十割る四は、二余り二）
四二　天作五　しにてんさくのご　（二十割る四は、五で割切れ）

これらを丸暗記する。声を出して読み上げるところは九九も漢文の素読に通じるものがある。

慎之介は蒙養舎に入学してからは、自分の中にあるもう一つの奇妙な記憶に関しては全く口にすることはなくなり、「でたらめな下らぬ夢」として忘れようとするのが癖になっていた。父母

はすっかり病が治ったと安心した。しかしながら実際は夢の記憶はより鮮明になってきていた。学校に通い出したころに、夢の中のもう一人の自分も学校に通い出したからである。しかもその学校はこの世のものとは思えないほど様子が違っており、異国のようであったが、使う言葉はこの国の言葉にも思えた。習う教科も違っており、ぼんやりとした記憶しかないのだが、唯一算術は似通っていた。ことに命数法、掛け算九九等はそのままであった。表記は違っていたが、慎之介は算術が好きであったので、でたらめとは思いながらも双方で理解が進み、さらに得意な教科となった。

初等算術の教諭は山村伊佐夫という藩士であった。三十過ぎの髭面で、他の教諭よりは親しみやすい。山村は上方で和算を修め、その後は長崎で蘭語や洋学を学んだという。弘道館の算術教諭も兼ねていた。

「お前らが習っておるのは和算ちゅうもんばい、ばってん西欧には洋算というもんがあってな、同じようなもんなれども、数字はこげん書く」

と言いながら半紙に、すらすらと文字を書いて子供らにみせた。そこには、1、2、3、4、5という子供らが見たこともない字が並んでいた。

「これが洋算の一、二、三、四、五ばい。オランダ語と同じように、左から右に書いていくんばい」

得意げな山村の顔の前で子供らはきょとんとしていたが、その数字をみて慎之介は仰天して息がとまった。

——でたらめじゃなか……。

夢の中で習った算術はまさにその数字を使っていたのだ。夢の学校はでたらめではなかったのである。

一人で驚いた顔をしている慎之介に気づいた山村は声をかけた。

「慎之介、どげんした。そげな顔ばして」

慎之介は、唾を飲み込んで答えた。

「いえ、おいも洋算ば、習いたかと思いまして……」

山村は笑った。

「和算も洋算も答えは同じばい。まずはしっかり和算ば励め」

この時代、和算があまりにも発達していたため、蘭学者であっても実学ではない西洋の数学を学ぼうとする者は少なかった。算術は単なる計算の道具であり、医学などと比べると洋算から得る物は少ないと考えられていた。

山村は、子供らの方に向き直った。

「よう聞け。鍋島のお殿様は偉いお方たい。こん学校をお作りなされ、藩士の子らが皆ここで学べることとなった。ありがたいと思え。殿の御考えは、こん中から藩のために役に立つ人間を一人でも多く育てたいということばい。どぎゃんしたら役に立つか。それはな、つまるところ洋学ばい。洋学を修め技術を極め、藩で大砲を作り、蒸気船を作るんじゃ。お前らも大きゅうなったら洋学に励め。そんためのの基礎をここで学ぶんたい。そん中でも算術は大事たい。よう励め」

藩校の帰り道、慎之介は胸が早打ちになるのが分かった。今日山村が見せた数字である。夢の中の自分は明らかに洋算を習っておるのだ。人に言うことはできないが、決して空想の産物ではない、これは忘れようとする必要はないのではないか。それほど強い気持ちではないが、この日から慎之介は夢の中で習った事柄も素直に受け入れるべきかと思うようになった。人に言う必要はないが、封印する必要もないと。それと同時に自分は他の人間と違っているのではないかと感じ始めた。いつか大聖寺の和尚が言っていた、「小さい神さんが助けてくれる」という言葉が脳裏をかすめた。

慎之介はこの時から、余計なことを考えず算術に熱中した。

ある日、算術でどうしても気になっていたことを山村に聞くべきか迷った。夢の中の洋算と違うところがあるのだ。円周率である。洋算では、三、一四であるのに、こちらでは円廻法《えんくわいほう》三一六となっている。またこれを四分の一にした七九という数字を円法七九と言って、正方形に内接する円はその正方形の面積の七割九分で計算することとなっていた。円法七九は、少しでも算術を習ったことのある人には常識でだれもが知っていた。思い切って聞いてみた。

「山村先生、円廻法の三一六は、本当は三一四ではなかですか」

山村がぎくりとして慎之介を見た。

「お主、どこでそれを習った」

慎之介は戸惑いながら、

「どこということはなかども、誰かに聞いたような気がいたします」

とごまかした。

山村は立ち上がって腕を組んでみなに語り出した。

「今、慎之介の言うたように確かに円廻法三一六は、本当は三一四一五と限りなく続く数ばい。今から百年以上前の和算家が十六桁ぐらいまで算出しておる。じゃが三一四とすると、円方は、七八五となって算じにくいゆえ、このようになっておる。覚えておけ」

慎之介は改めて夢のなかの洋算に間違いはないと確信した。


帰り道、同級で隣村に住み、同じ手明鑓の家の長男である坂田平助が声をかけてきた。互いの村まで四半刻（三十分）以上歩かねばならない。

「慎之介、なんでお前はあんなこと知っちょったか」

円周率のことである。この平助も無類の算術好きである。

「思い出せんけん、どっかで聞いた」

慎之介のつれない返事に平助は口をへの字に曲げた。

「お前は、鶴亀算も俵算の時も知っちょる如くにすらすらと解いた。家で習いよるのか」

「いや、家では習いよらん」

平助は不服そうにちらりと慎之介の方を横眼で見た。

「まあよか、お前には算勘の才があるということかの。ところで、蒙養舎で算錬組というのがあるのを知っとるか」

「いや、知らんがそれはなんね」

「特に算術が出来る者を集めた組ばい。そこへ入れば算術以外の成績が悪うても弘道館へ上がり安かちゅうことばい。おいはそこへ行きたか。お前も一緒に行かんか」

今度は慎之介が平助を見た。

「そういう組があるなら是非行きたかな」

他の科目には自信がなかったので願ってもないことだった。

「今の組で算術の試験で一番、二番を取り続ければ、行けるじゃろう。よし、互いに励むっちゃ」

この日から二人は、競い合うようにして算術に励んだ。勉学以外でもお互いに何でも話し合う友となったが、奇妙な記憶に関しては平助にも打ち明けることはできなかった。

三

三年がたち、十三になった時、二人は揃って算錬組に入ることが決まった。

慎之介はこの三年、算術を含め、他の教科も努力、研鑽していたため、夢の中の学校で習うことなど取るに足らぬと思うようになっていた。算術は、現実の方がはるかに難しい問題を解いていたし、夢の中の国語の程度は漢文とは比べ物にならぬほど平易であるように思えた。ただ、唯一慎之介が愕然とし、また疑った科目があった。歴史である。その内容は、徳川の世がもうすぐ終わり、武士の身分がなくなり、さらに百年以上たったところまで語られている。外国と幾つかの戦争をし、最後に負けた後、泰平な世となったと語られている。武士の時代がすぐに終わるなどでたらめであると思いたい。しかしもしこれも真実であるとするならば、自分の夢の記憶は今から百年以上先のものなのである。先の時代を見ていることになるのだ。しかしどうしても信じることはできなかった。自分に憑いているという神様が本物であるとしたら、その神様は洋算のことは教えてくれたのだろうが、先の世のことまでは分かるはずはなく、単なる当て推量の産物である気がする。夢の記憶に出てくる硝子に別の場所の絵が写るてれびとかその他の便利なものもでたらめだろう。こんなものに惑わされていけないな、という気持ちが勝った。

「慎之介、どぎゃんした。お前はこの頃、よく一人でぶつぶつ言いよるな」

平助の声で、慎之介は我に返った。

「なあんも。ばってん、算錬組はどげなところかなと思うて」

平助がにやりとした。

「それよ。聞いたところによると算術以外に洋学も少しは習えるらしい」

慎之介は驚いて平助を見た。

「洋学とはオランダ語か」

「うんにゃ、オランダ語を知らんでもこん国の学者が書いた本があるけん、究理（物理）とか舎《せい》密《み》（化学）とかな」

慎之介は夢の学校の「理科」という科目の内容がちらと脳裏をかすめた。

「楽しみじゃな」

「ところで、算錬組の指南役を務めるのは、馬場栄作という人で歳はまだ十五らしい」

慎之介は耳を疑った。

「十五じゃと、ばってん、十五といえばまだ弘道館へ上がる前ではなかか」

「いや、既に弘道館へ上がっておられ、算術では右に並ぶものがないほどの天賦の才ということばい」

「凄か人がおるもんばい」

慎之介はまだ見ぬその馬場という男に畏怖の念を抱いた。

「ところで、慎之介、おいの家で算錬組に入った祝いをしてくれるそうじゃ。お前も来んか」

「よかか。おいが行っても」

平助は笑った。

「父様、母様もお前に一度会いたかといいよる」

数日後、慎之介は隣村の平助の家に手土産を提げて訪れた。同じ手明鑓の家であるが、平助の家は祖父母も元気で兄弟も三人、賑やかな家族であった。家も大きく、畑も広いようだった。

平助の父が慎之介を見るなり顔をほころばせた。

「慎之介しゃんか。あんたが一緒に勉強してくれたおかげでうちの平助は算術で偉い組に上がることが出来たばい。まっこと、ありがとな」

平助の父母は大層な喜びようであった。

「ここまできたら二人とも弘道館へ上がれることは間違いなかよ」

手明鑓の家にとっては、藩で御役をもらえるというのは大変なことであり、弘道館へ上がることによってそれは、決して夢ではなくなるのである。時代が大きく変わりつつあり、自分たちはその真っ只中にいるのだと慎之介は肌で感じることができた。

大人らが、めでたい、めでたいと酒を酌み交わし始めたので、平助は慎之介を促して子供らの席の方へ行った。

「おいの妹、千香《ちか》ばい」

二つ歳下という妹は幼い弟の世話をしながら、

「千香でございます」

とはきはきと挨拶した。

右の眼が少し外を向いている眇眼《すがめ》だが、愛嬌があるなと慎之介は感じた。

「お千香も算術好きでな、算盤もようしよるばい」

平助が言うと

「そんなことなかよ、ようできんよ」

と恥ずかしそうに弟を連れて奥へ行ってしまった。

平助が口元を緩ませた。

「お千香がこの前、妙なことを言いおってな」

「なんね」

「いや、昔のお前と同じことを言いよった。円廻法三一六は、三一四ではないのかと」

慎之介は驚いた。

「なんじゃと」

「どこで習ったと聞いたら、どこかで聞いたことがあるが忘れた、と言いおった。お前と同じ答ばい。不思議なことがあるもんじゃな」

慎之介は気持ちがざわめいたが、あえて平静を装った。

「夢にでも見たんではなかかな」


算錬組の講義はやはり山村伊佐夫が中心となったが、指南役として時々馬場栄作が弘道館から出向いた。眼鏡を掛け、時々それを上げるしぐさを見せる神経質そうな男であった。馬場は特に授業はせず、自分で考えた難しい問題を出し、皆が根を上げたころに、一人ですらすらと解いた。子供らは、周りでそれを見ているだけである。慎之介は、その技に圧倒された。

——凄かな。

ため息が出るだけであった。

しかしこのころから慎之介は徐々にこの組での算術に興味を失い始めた。なぜなら夢の記憶の中の学校が上に進み、洋算が新しい段階に入ったからだ。算数と言われていたものが数学に代わり、突然面白くなった。代数、幾何などすべてが体系立っており、分かりやすく、算学というものはこうあるべきと思えるようになった。和算にも高度なものがあることは知ったが、高度になるほど「術」という名のもと一般には開示されず、各算学流派に入門し、教えを請わなければ伝授されないことも分かった。各流派で秘伝といわれるものもあるらしい。同じ数字を扱うのに秘伝もくそもないではないかと思えてくる。今まで難しいと思っていた問題も洋算の代数や方程式を使えば簡単に解くことが出来た。しかし習ってもいない洋算を堂々と使うことは出来ない。慎之介は悩み始めた。とりあえず帰宅してから夜、一人で筆を持ち、左から右に洋算で式を書き、夢の記憶をはっきりさせることに努めた。まるで訓練されている如くにすらすらと書け、気分は壮快となった。そのうち頭の中で式を立てられるようになってきた。夢の学校では同時期に、蘭語ではなく、英語を習い出したのには驚いた。これも洋算の式を書くには必要なものだった。

ある日、馬場が出した面倒な問題を頭の中で代数と方程式を使ってこっそり解いてみた。最後に数字を代入し、算盤をはじけば簡単に答えは出た。

「解けた者はおるか」

馬場が言うと、いつものように誰も手を上げない。

馬場の鼻を明かしてやりたい気になり、つい手を上げてしまった。驚いた馬場が席に寄ってきて紙に書いた解答を見て目を丸くした。

「御名算だ。どうやって解いた」

慎之介は唾を飲み込んだ。

「ひ、秘伝にて人には言えませぬ」

馬場は笑いだした。

「ここは学校だ。秘伝などあってはならん。まあよい、名は何という」

「龍前慎之介です」

思わず秘伝などと言ってしまったが、馬場がそれ以上追及しなかったので慎之介は胸をなでおろした。

四

算錬組にも慣れたが、夢で習う学校の方に興味が向かい、現実の学校では算術以外の科目の成績は徐々に悪くなってきていた。ちょうどそのころ、年が明けて慎之介は元服を迎えることとなった。元服と言っても頭を月代に剃って髪型を変えるだけである。

その日は元服と相まって生涯忘れえぬ日となった。事が起こったのは元服式日の宵、寒い夜で外は初雪がちらついていた。剃った頭が寒い気がして何度も手をやりながらいつものように洋算の稽古をしていた時だった。急に強い眠気が襲い、しばらく座ったままでうとうととした。その間、短い眠りであったが、はっきりとした夢を見た。それは夢の中のもう一人の自分が、自分宛てに文を書きそれを読み上げたのだ。これは忘れてはいけぬと思い、自然にその場で覚えている一字一句を紙に書き下ろした。それは瞠目すべき内容であった。

◇　◇　◇

龍前慎之介様

私は、龍前翔太と申します。私は貴方の時代から百五十年先の平成十二年の佐賀に住み、現在十五歳です。西暦で言えばちょうど二〇〇〇年です。私は前世の記憶、つまりはおそらく御先祖様である貴方の記憶を持って生まれました。そしてまた貴方の成長と私の成長が同時に進行しているということも分かりました。それは誰にも言えないことでしたが、自分の中では素直に受け入れることが出来ていました。しかしながら貴方も私の記憶、つまり来世の記憶を持って生きているということは、最近まで気が付きませんでした。それを知った時は本当に驚きました。この関係をはっきり伝えなければならないと思い、手紙を書き、読み上げることにしました。伝わればよいのですが。貴方がおられる時代はこれから大変なことになります。その中で佐賀藩は科学技術で重要な役割を担います。そちらでは今年、築地《ついじ》に反射炉が出来ます。私はこの春に中学を卒業したら九州工業高等専門学校へ進み、出来るだけの知識を付け貴方を助けたいと思います。日本の将来、いや今のため私の知識を存分に使ってください。オランダ語は無理ですが英語も頑張ります。

◇　◇　◇

慎之介は文を読み返し、しばらく茫然とした。今までのことすべてに合点がいく思いだった。夢のことはでたらめではない、すべてが真実だったのだ。息を整え、筆を取り、紙に「龍前翔太殿、承知いたした」とだけ書いて、声に出して読んだ。

いや、とまだ信じられない気持ちも少しある。文の中で気になった言葉が「反射炉」である。慎之介の聞いたことがない言葉であった。今年築地に出来るとはどういうことか……、何かはわからないがこれが本当にそうなれば、手紙の内容も真実であることが確信できると思えた。しばらく考え、慎之介はかぶりを振った。

――いや、もはや信じるべきだ。

慎之介は気持ちをふっ切るように膝を叩いた。龍前翔太は自分の生まれ変わりであり、後の世にこの場所に実在するのだ。そう信じよう。殿様のお考えのように、西洋の学問や技術を取り入れれば百五十年も経てば、あのような便利で異国のような暮らしになることは十分考えられる。今までは小さい神さんが作ったもう一人の自分がいると考えていたが、これは違った。龍前翔太は自分とは別の人間なのである。後の世の彼の記憶を自分だけがいただいているのだ。彼は強い気持ちで自分に後の世の知識を伝えようとしている。自分はそれに応えなければならない。またそれを藩のために役立てなければならない。

春になり、平成の翔太は無事に九州高専の機械科に進学し、ますます勉学に励み出した。その様子はすぐに伝わった。一年間で三年生までの数学や物理を習得しようという勢いだった。慎之介はついて行くのに必死の状態で、こちらの学業などどうでもよいと思うようになった。

元服してから様子が変わったように見える慎之介に平助が声をかけた。

「慎之介、この頃深刻な顔ばかりしているではなかか」

平助は他の教科もよく修め、全体の成績は慎之介よりずっと上であった。

「平助、お前、ここでの講義の内容、どぎゃん思うか」

平助は怪訝な顔を向けた。

「それはどういうことね」

「和算や漢文など何の役にも立たんと思わんか。我々は藩のために洋学をやらんといかんばい」

「あせっておるようだな。授業に究理（物理）や舎密（化学）もあるではなかか」

しかし慎之介から見ればこれらは本当の物理化学とはかけ離れたものであった。舎密はまるで漢学のように字句の解釈やせんさくを論じ、断片的な知識や技巧を集めただけで体系を成しておらず、究理に至っては、科学ではなく哲学のようなものだった。それもこれも西洋数学の論理的な思考が基礎にないからである。この国の学問は、〇〇とは何かということにこだわる。解釈に重きを置く。しかし翔太が学んでいる学問はそんなことにこだわらない。先人が解き明かした真理をこれはこういうことであるという風に覚えることから始める。そうしなければ短い時間で学業は進まないのだ。

「あれではだめだ。せめてオランダの物を読みたい」

「蘭語も分からんのにか」

平助が笑ったとき、慎之介はひらめいた。


翌日、講義の後、誰もいないところで山村に頭を下げた。

「先生、御願いがあり申す」

「慎之介か、改まってどぎゃんした」

「実は、オランダの洋算と究理の本が見たかと思いまして」

山村は驚いた顔をしたあと笑い出した。

「お主、正気か。蘭語も解せんのに読めるはずがなかろう」

慎之介はさらに頭を下げた。

「本の中の絵、数字だけでんよか、見てみたかです」

山村は、慎之介の顔をじっと見た。

「まあよか、蒙養舎の書庫には蘭語の本はなかばってん、おいの持っているものを見せてやる。ついてこい」

弘道館の教諭の詰所に行くと隅の方に山村の机があった。乱雑に書物が置かれていたが、脇に鍵の付いた引き出しがあり、中から数冊の本を取りだした。

「これが洋算や究理の書かれたもんばい。蘭語の分かるもんでもこん中身が分かるもんは少なかよ。おいも勉強の途中じゃ」

蘭学と言えば医学、兵学など実用的なものが好んで学ばれた。したがって数学、物理の本は稀であり貴重なものだった。

慎之介は、食い入るようにその本の中身を見た。英語なら少しは分かるが蘭語は全く分からない。しかしそこに書かれている数学の式は分かった。夢の中でしか見たことのない数式が実際目の前にあった。

——懐かしか。

慎之介は心の中で叫んだ。

また別の本を開くと、翔太が今まさに勉強している物理の力学での式が書いてあった。ニュートンの力学が完成してからすでに二百年近くたっていたが、この国でこの分野が分かる者はまずいなかった。

「山村先生、この本ば、しばらくおいに貸してもらえませんでしょうか」

山村はかぶりを振った。

「その本は苦労して手に入れたもんばい。誰であろうと人に貸すわけにはいかん」

慎之介は頷いた。

「分かりました。されば、授業が終わった後ここにきて写させてもらえんでしょうか」

村山はまた笑い出した。

「お主、蘭語が写せるのか」

「蘭語は分からんでも、絵と式だけでも写したかと思いまして」

慎之介があまり熱心に言うので、村山は呆れながらも許した。

次の日から慎之介は授業が終わった後、一刻（二時間）ほど居残り、蘭語の本に書いてある数式などを写した。数学の内容は平成の中学校の程度であり、写すまでもなく理解できたがとりあえず写した。物理の方はよく分からぬところもあったが式と絵だけは写した。

時々山村が見に来て感心した。

「お主、なかなか器用なもんじゃな。まるで意味がわかっとる如くに写しとるばい」

十日ほどですべて写し取り、家に持ち帰って清書し始めた。数式だけでなく、日本語で簡単な注釈を付けることにした。横書きにするべきか迷ったが、読みにくいであろうが、これが正しいと思い、左から右に横書きした。これをどうするかについては、慎之介には一つの考えがあった。洋算を人前で堂々と使うための手口である。

——これは山村先生を謀《たばか》ることになるが、いたしかたない。

数学の方の清書が終わった後、それを提げて詰所に居る山村を訪れた。

「先生、先日はありがとうございました。洋算の方ば、清書が出来ました」

山村は口元を緩め、上目づかいに慎之介を見た。

「それで、中身は少しは分かったのか」

慎之介はここで大きく頷いた。

「はい、先生、ここに書かれていることはすべて分かりました」

山村は声を上げて笑った。

「莫迦を言うな。式を写しただけで分かるわけがなかろう」

「いえ、本当に分かり申した。何か問題を出して下さい。私がこの本にある洋算ば使って解きましょう」

山村は慎之介の異様な雰囲気に負けて、算術の本をめくってある問題を差しだした。

「ではこれば解いてみよ」

慎之介は、読むなりすぐに紙に二次方程式を書き、あっという間に答えを出した。それを見て山村は仰天した。

「おお、合っておるではなかか」

山村は矢継ぎ早に問題を出した。

慎之介はそのどれも式を立ててすぐに解いた。

山村の顔が次第に青ざめてきた。

「お主、これを何処で習った。習わずにできるはずがなか」

「誰にも習ってはおりません。ただ幼いころに大聖寺の和尚にお主には小さい神さんが憑いとると言われ申した。その神さんが洋算のようなものば教えてくれ、この本ば見て全部わかりました」

山村は慎之介の清書した本を日本語の注釈を含めて改めて読み直し、妖怪でも見るような眼で慎之介を見た。

「お主の言うこと、信じねばなるまい。このような洋算をお主に教えることが出来る者はこの藩にはおらん。それはおいが一番知っておる。天賦の才とはこのことか」

「先生、おいは、もう和算はやりとうなかと思います。どうすればよかでしょう」

山村はうなった。

「ちと考えてみるけん、今日は帰れ」

慎之介の噂は山村から弘道館の教諭らに瞬く間に広まったが、だれも信用はしなかった。蘭語を解せぬものが蘭語の本に書かれたことを習得するなどあり得ないことだと。山村は考えた末、一策を講じ、授業の後、慎之介を呼び、小さな声で言った。

「お主、馬場と勝負せんか」

五

その日は朝から蒙養舎がざわめいていた。噂を聞きつけて弘道館からも多くの教諭と書生が一番広い教室に集まっていた。その中心に居たのは二人、少し離れて横並びの机の前に座ったのは、馬場栄作と龍前慎之介である。

山村はその前に立ち大声で話し始めた。

「本日は、こん二人で和算と洋算の算学五番勝負ば、いたします。こん試合では、同じ問題、五問を馬場は和算、龍前は洋算で解く。早く、正しい解答を出した者が勝ちといたす」

周りがざわめき始めた。

「御存じのとおり、こん学校では西洋の算術ば教えてはおりませんが、ここにおる龍前慎之介は一人で蘭語の洋算の本ば読み、習得いたした。これは嘘ではなか」

馬場は十七歳、弘道館では並ぶもののない算術家であることはだれもが知っていた。それに対し、まだ弘道館にも上がっていない十五歳の子供が、少し洋算を理解したぐらいで立ち向かえるはずもないと皆が思った。

馬場が、慎之介に小声で言った。

「お主、いつかおいの問題ば解いて、解法は秘伝じゃと言ったな。あれば西洋の算術だったのか。しかし勝負は負けはせぬ」

最初に山村からこの話を聞いたときは、足が震えた。馬場はあの若さで指南役を務めるほどの和算の達人である。自分は凡人であり、ただ翔太の知識を得ているだけである。後の世の中学校程度の数学を使えるだけの力で馬場に太刀打ちできるとは思えなかった。

「皆の前で馬場に打ち勝ってみせよ。そうでもせんとお主の洋算は信用されず埋もれてしまうぞ」

慎之介は山村にそう言われて、思い直した。向こうで翔太が懸命に励んでいるのだ。自分が弱気では何も進まない。たとえ負けても五問のうち一問でも取れれば認められるやもしれん。

算学五番勝負が始まった。問題は一問ずつ出され、解法も紙に書かねばならない。先に正解した者の解法が立板に貼り出される。一問目が配られた。

「一問目、始め」

山村の声とともに、問題を読めば、代数と方程式を使えば何とかなりそうに思えた。三元二次方程式を立てることができた。左から右に式を書く慎之介の手元に皆が驚異の目を向けた。因数分解を駆使して解が出た。算盤もいらない。答を書いて夢中で手を挙げた。

会場がどよめいた。馬場がひきつった顔を慎之介に向けた。馬場も答えはすぐに出ただろうが、慎之介が早かった。

「では、龍前、解をこれへ」

山村が慎之介の解を確認、皆に向かって声をあげた。

「ご名算！」

おー、と会場が沸いた。

解法を書いた紙が、立板に貼られると何人かがそこに集まった。それを見た者らは、目を白黒させていた。

二問目は、図形の面積を求める問題だった。馬場の最も得意とするところだ。初等幾何の難問は、機械的にはできないのでつらいところだ。経験がものをいう。馬場が先に手を挙げた。

「ご名算！」

三問目は、繁雑な計算が必要な問題。これは算盤の力がものを言う。馬場の算盤をはじく音が速い。また馬場がとった。

四問目、これは複雑だが方程式が使えた。答えは平方根が絡む。洋算ならこのまま解として出せるが、ここでは和算の流儀に従い、普通の数値でなければならない。算盤で小数第三位まで計算して、最後に「微弱」と書き、手を挙げた。微弱はそのまま小さな数が後に続くという意味だ。正解だった。

馬場が二勝、慎之介が二勝となり、会場は静まり返った。最後の一問で勝負が決まる。まだ蒙養舎の慎之介がここまで健闘するとは誰も予想していなかった。さらに慎之介の解法は誰も理解できない西洋の数式だった。

五問目が配られた。問題を見て慎之介は負けたと思った。幾何で辺の長さを求める問題だった。馬場の得意な分野だ。しばらく考えてみたが、手が動かなかった。ふとひらめいた。今翔太が習っている幾何ベクトルを使えるのではないか。ひらめいたというより翔太がささやいた気がした。夢中で手を動かし始めた。うまくいきそうだ。後は計算、すぐに解が出る。解を書き終わり、手を挙げたその時、馬場がすでに手を挙げていた。わずかな差で馬場が回答権を得た。馬場の答えを見た山村は声をあげた。

「ご名算！」

負けた。

そのあと、山村は慎之介の解も見て言った。

「こん勝負、三勝二敗にて馬場栄作の勝ちとする。しかし五問目は龍前も正解であったこと付け加えておき申す」

誰からともなく、白熱した勝負に対する感嘆の声が上がった。

「龍前も、よう頑張った」

何人かが口ぐちに叫んだ。ほとんどのものが年少の慎之介の技量と才能に敬意を示す様子だった。

その雰囲気に水をさすように一人の老齢の教諭が声をあげた。

「山村殿、ここ弘道館は学問をする場所でござる。算術のような芸道を競い、見世物の如くにするのはいかがなものか」

場が重苦しく静まり返った。

算術を芸道のように低く見る者は多かった。とくに儒学こそが武家の学問と励んできた者らは、算術はまっとうな学問とは見なさず、単なる算盤の使い方、実務の上での道具のように見ていた。そもそも流派があるような習い事は、学問ではない。これらの者から見れば洋算もその流派の一つにすぎない。蘭学者であっても、算術は算術家がやればそれでよいとみなしていた。

山村が答えた。

「しかしながら、西洋ではすべての理学の基礎は算学でありまする。これから洋学を学ぼうとする者には必要と考えまする」

山村は算術（数学）がこれから重要になると気づいた数少ない教諭だった。

そこにもう一人の男が声をあげた。途中から会場に入ってきたようだ。

「その通り、算術は必要なものである」

皆がその声に注目した。その男は、弘道館の教諭ではなく殿の側近の一人で大銃《おおづつ》製造方主任、本島藤太夫《もとじまとうだゆう》であった。身なりは質素ながらも教諭らとは違う威厳が漂っていた。この時三十八歳。

「山村殿の言うことはよく分かり申す。西洋の理学を会得するには、高度な算術が必要と聞く。

一方で我々には時間がない。すでに御存じであろうが、此度拙者は殿より幕府でも作れぬ鉄製の大砲の製造を仰せつかった。しかも一、二年のうちに作らねばならぬ。そのために築地にその鉄を作る反射炉の建造を始めておる。我々には西洋のような技術はない。その礎となっている理学もない。しかし基礎の部分を知らずとも、ありとあらゆる知恵を出し、何としてでもやり遂げねばならぬ。この目的を達するため藩内で人材を集め、事を進めるのが拙者のお役目である」

――やはり翔太の言う反射炉ができるのだ。

慎之介は、心の中で叫んだ。

山村が答えた。

「本島様、それでは本日はいかなる御用でこちらへ」

本島が頷いた。

「大砲製造のため、さまざまな分野の第一人者をすでに集めており申す。蘭学者、刀鍛冶、鋳物職人などである。算術家も必要と考え、此度は弘道館より推挙の馬場栄作殿に力を借りたいと考え、参じた次第。こちらにおられると聞いて参ったが、偶然にもこのような算学の試合を見せていただき、馬場殿だけでなく洋算に通じた書生もおるようで大層頼もしく感じ入り申した」

馬場は、すでに話を聞いていたようで驚きもせず、慎之介に小声で言った。

「此度の仕事ではお主の力、借りるかもしれぬ。頼むぞ」

馬場は、山村をはじめ周りの教諭らに一礼をしてから本島とともに会場を後にした。

そのあと、山村を含め、弘道館の教諭らが慎之介の周りに集まった。山村が慎之介に笑みを向けた。

「慎之介、今日はよう気張ったの。もう少しで勝てるとこじゃったばってん、本島様の前で馬場が勝たんと弘道館としては格好にならんばい。それはそれでよかったの」

皆が笑った。教諭の一人が言った。

「それにしても山村殿、このような俊才をば蒙養舎に隠し持っておられたとはたまげ申した」

山村は、慎之介を自分の秘蔵の弟子のように言われて悪い気はしなかった。

「こん龍前慎之介にはもはや教えることは何もなか。自分で蘭語の本から習得しておる。洋算だけでなか、蘭語の究理の本も読んでおるばい。ただ他の科目の成績がようないので、まだ弘道館には上げておらんが、そのうちすぐに上げるつもりたい」

この日から、慎之介は「蒙養舎の子供に、異能な算士が一人おる」ということで学内で知られることとなった。しかし十四歳で弘道館に上がるような抜きんでた本物の秀才も何人かいたので、それらの者と比べればあくまで「異能」とだけ見られた。

しかしこの日から慎之介は、異能の者を演じることにより平成での翔太の知識をある意味公然と使えることとなった。


ほどなくして蒙養舎から何人かのものが弘道館本校に進学することが決まった。その中には慎之介、坂田平助の名もあった。平助はすべての科目でまんべんなく十分な成績を上げていたので当然であり、内生つまり弘道館内で起居出来る身となった。一方で慎之介は山村の推挙があっての進学で、通学生の枠であった。

それでも慎之介の父母は大変に喜び、大聖寺にお礼に参ろうということになった。平助に話すと、自分も同行したいと言い出した。

「お前に小さい神さんがついとると言ったというその和尚に会ってみたか」

秋も深まり、始まりだした紅葉を見ながら石段を上がった。八年ぶりの大聖寺であったが、和尚は変わりなかった。

父の与一が腰をかがめた。

「和尚様、おかげさまで息子が弘道館の本校に上がることになりまして、御礼にまいりました」

和尚は慎之介に笑みを向けた。

「そなたがあの時の坊か。立派になったもんじゃ。憑いとる神さんに助けられたであろう」

慎之介は頭を垂れた。

「はい。ありがとうございます。進学できたのもこの神さんのおかげと考えますたい」

慎之介は、寺へ行く前、この和尚にだけは本当のことを言いたい気になっていた。しかしやはり無用のことと思い直した。この和尚は本当のことを知っているのかもしれない。それをあえて「神さん」という他の者にも理解できる言い回しで教えてくれたのかもしれない。

「じゃがな、その神さんも一生、そなたに憑いているとは限らんぞ」

慎之介は顔を上げた。

「それは、どげんことですか」

「子供を守ってくれる神さんも大人になったら消えていくということもようあるでな。まあせいぜい身体を大事にして、学業に励め」

慎之介が考えてもいなかったことだった。ある日突然、来世の翔太との交信が途絶えてしまう事があるということだ。確かにそういうことになっても何の不思議もない。普通の人間に戻るだけのことである。


その帰り道、平助の家で再び二人の進学の祝いの宴を開いてくれることとなり、隣村の平助の家を訪れた。今回は親子三人で招かれた。平助の家は人が常に行き来しているので何人で訪れても平気のようである。質素ながら楽しい中食をいただいた後、大人たちが酒盛りを始めたので慎之介らは抜け出して家の外へ出た。家の裏は結構大きな畑となっていた。妹のお千香が畦にしゃがんで小さな花を見ていた。

「お千香、慎之介がきたばい」

お千香は、振り向いて笑みを向けた。

「慎之介様、御無沙汰しております」

お千香は十三になっており、上背も伸び、痩せていた身体もふっくらとして、すっかりこの家の働き手のようである。

「こんお千香もずいぶん変わっておってな。どこで覚えたのかこのような名もない草花のことをよう知っとるんじゃ。名前も言いよるが、これは勝手に付けとるんばい」

平助がまっすぐに立っている小さな白い花をもつ草を指さした。

「これはなんじゃ」

「これは、あきののげし」

慎之介はお千香の言葉に、懐かしい響きを覚えた。翔太の子供のころの記憶である。教科書にたくさんの草花の絵と名前が出ていた。先生にも実際の草を手に取り教えてもらった。夢中で図鑑を調べたこともあった。

「では、こちらの菊のような白い花は」

「それは、え〜と確か」

慎之介のかすかな記憶からその名前が浮かび上がった。

「それはのこんぎくではなかかな」

お千香が驚いて慎之介をみた。

「そうです。のこんぎくです。慎之介様、なぜそれを知っとりますか」

慎之介は頭に手をやった。

「いや、前に誰かに教えてもらった気がしただけばい」

平助は笑った。

「慎之介には、小さい神さんが憑いておって、いろいろ教えてくれるようじゃからな。そうじゃ、お千香にも花の神さんが憑いとるのかもしれんの」

お千香は妙にはにかむように笑った。

「そんなことありゃせんよ」

それからしばらく三人で野の花を摘んで遊んだ後、慎之介は父母と平助の家を後にした。

その時のことは、のこんぎくの可憐な姿とともに、慎之介の卒業の思い出として心に残った。

第二章　反射炉

一

年が明け、嘉永四年（一八五一）となった。前年より藩主鍋島閑叟は、幕府より五万両の拝借金を得、佐賀藩独力で伊王島、神ノ島の台場工事を開始していた。一方でもともと洋式砲（青銅砲）製造の研究をしていた火術方から新たに大銃《おおづつ》製造方を独立させ、本島藤太夫を主任として鉄製大砲の製造作業に着手、反射炉一基を城下西北の築地に建造した。大砲製造の中心となったのは以下である。

杉谷雍助（副長　技術）
田中虎太郎（技術）
谷口弥右衛門（鋳工頭梁）
橋本新左衛門（刀鍛冶）
田代孫三郎（会計）
馬場栄作（和算）

後に「御《お》鋳《い》立方《たてがた》の七賢人」と呼ばれるが、この時期は悪戦苦闘の連続であった。
そもそも鉄製ではなく青銅製であれば、国産は可能であった。しかし西洋諸国ではより大きな砲弾を使って飛距離の出る鋳鉄砲が主流となっていた。原価も安くなる。そのためには大量の鉄を溶かす高温の炉が必要でそれを実現するのが反射炉であった。レンガ造の炉は、内側の天井がアーチ形になっており、熱源である石炭や木炭の熱を天井で反射させて、炉心にある鉄をより高温にする作りになっている。溶けだした鉄は傾斜のついた床面を流れ出し、樋を伝って大砲の鋳型に流し込む。大がかりな鋳物である。

渦中の一人である馬場栄作は、現場を離れ時折弘道館に姿を見せていたが、必ず慎之介に声をかけるようになっていた。

馬場は、慎之介のことを歳は若いが、他の者とは違って西洋の数学理学に関し、生まれ持った何かを持っていると見抜いていた。自分が努力せずとも和算ができるようになったのでそれと同じ種類の人間と見ていた。蘭語も実は習わずとも意味はわかるのであると思い込んでいるようだった。

「馬場さん、反射炉のほうは、いかがですか」

馬場は、眼鏡の下の目が窪んで以前より痩せて見えた。

「いや、まだ駄目だ、昨年より、三度、四度、五度と試みているが、鉄がうまく溶けてくれん」

「やはり難しいようですね」

「そもそも、手引書となるのは、オランダの『ゲシュットギテレイ』という本、一冊だけだ。これを蘭学者の杉谷副長が訳した物を頼りにしておる。完全に意味をとれないところもあるようで、何が悪いのかがわからん」

「まったく溶けないのですか」

「いや、それが不思議でな、千五百斤（約九百キロ）からある砂鉄銑《せん》の大きな塊を使っておるのだが、中は溶けかけておるのに、外側が溶けん。鉄は熱が強いほど溶けやすいじゃろ。ならばなぜ外側から溶けん」

銑《せん》とは鉄の原材料（鉄鉱石、砂鉄など）を炉に入れ、ある程度不純物を取り除いた（還元した）ものを言う。

「なぜ中が溶けているとわかるのですか」

「いや、先日の五度目の溶解作業で、職人が鉄の棒でつついたところ、中の溶けたところが流れ出した。全体の鉄の半分ぐらいが流れ、一応大砲は作れたのじゃ。大砲は試放で破裂してしまったがな」

「そこまでいったのですね」

「これは我々にとっては大きな前進たい。四回目の失敗の後は全員切腹も覚悟したぐらいだからな。しかし全部が溶解し流れ出してくれなければ、よい鉄にはならないようだ」

馬場は、口をへの字に曲げた。

「おいのこの事業でのお役目は、その一冊の蘭書に書かれてある反射炉の図面から推算して拡大した図面を作り、さらに材料の数、工数を算出するためだったが、そのお役目は大方済んだ。そのあとだが、いよいよ鉄を溶かして大砲を作る段にいると、算術などというものは、何の役にも立たんということがよう分かってな。おいは役に立ちたい気持ちはだれにも負けんが、鉄のことなどさっぱりわからぬ故、お主の知恵を借りたいと思ってここへ来た。お主は西洋の算術だけでなく理学にも通じておるというではないか。どう考える」

慎之介は聞かれて窮した。製鉄のことなど翔太も学校では習っておらず、わずかに知っているのは、原料の鉄鉱石は酸化鉄であり、これを還元することによって酸素を除き、鉄になるという程度のものであった。

「鉄のことは、おいにもわかりません」

「実は、弘道館で何冊か蘭語の舎密の本を借りてきた。今のおいの立場だと誰でも本を貸してくれる。しかし読めん。お主読んで勉強してみてくれんか」

慎之介は困ったが馬場の熱意に押された。

「役にたてるかどうかわかりませんが、貴重な本、とりあえず見せてもらいますたい」

馬場と別れて帰宅後、蘭語の本を見てみたが、化学の本であることは間違いなかったが、総括的な内容であるように見えた。ただ二十ほどの元素記号が表になっていて、この時代に元素記号があったことがわかった。しかし状況を察した平成の翔太は、その日から図書館に通いだし、鉄に関して猛勉強を始めた。その状況は手に取るようにわかった。

いろいろ調べてくれて分かった内容は以下のようなものだった。

反射炉は、過去の技術であり、平成の世にはない。

反射炉の最高到達温度は一二〇〇度である。
鉄は炭素を多く含めばよく溶けるが弱い。
逆に炭素が少なければ溶けにくいが強い。
鋳物にする鉄は炭素含有量約二から五パーセントの鋳鉄である。
故に鋳物でかつ強い鉄はその範囲で少なめの炭素量にする。

慎之介は、茫然としてしまった。
炭素の量が重要であることはわかったが、平成の世であれば、先人の作った測定機器があり、温度や成分などいかようにも測ることができるのであろうが、今の時代の火術方にこのような知識があっても何の役にも立たない。

しばらくして久しぶりに翔太が文を書いて読み上げた。

◇　　◇　　◇

龍前慎之介様
今回は鉄のことをいろいろ調べましたが、佐賀藩のその時代の反射炉の歴史を調べようともしました。ところが、詳しいことを調べようとすると身体がだるく、頭が痛くなって先に進めません。つまり、あなたがいるところの実際の詳しい歴史を先回りして調べることはできないようなのです。ですが、その反射炉で大砲の製造に成功することは間違いありません。鉄や反射炉そのもののことを調べることは出来ますので続けます。

◇　◇　◇

慎之介は驚くとともに合点がいく気もした。翔太は焦って歴史の文献に今の答えを探そうとした。しかしそれは、あまりに無法な行為であり、叶わなかった。そのようなことをすれば歴史そのものが崩れてしまう気がした。翔太との関係には一定の制限があるのであり、そのことを初めて知らされた思いがした。

それならばいっそ、自分はなにもせずに過ごすことが正しいのか。一切歴史にかかわらずに。後の世は決まっているのか、いないのか、それを考えると頭が痛くなるので思考を停止するのが癖になっている。ただ一つだけ確かなのはこういう自分がここに存在するということである。たとえ名は残らずとも歴史の中の一点に自分というものが存在することは、間違いないのである。ならば藩のために何かしたいという気持ちに素直に従い、行動すればよいのではないか。

そのように思い直し、翔太との交信を続けることにした。

翔太が図書館で調べ、その知識を慎之介と協力して考えた。このような経験は初めてであった。そのうち結論に近づいた。それは、鉄の原材料の外側だけが固く溶けにくくなっているのは、外側の炭素量が少なくなっているに違いないということだった。つまり表面は強い熱にさらされて炭素が燃え、二酸化炭素か一酸化炭素になり気化する。あるいは、鉄の原材料は酸素を多く含むので、この酸素と炭素とが結合して同じように気化（還元）する。いずれにせよ表面は炭素の少ない鉄になっているから溶けない。これを解消し、均等な状態で溶けた鉄にするには如何にすべきか。その方法を探ればよい。

初夏となり、馬場栄作が再び弘道館の慎之介を訪れた。

「馬場さん、その後、築地のほうはいかがですか」

馬場はさえない顔をみせた。

「うむ、あれから六度目の溶解作業をし、五度目と同様に鉄の棒で突いて中身を流し出し、六割ほどの鉄は溶けたので、再び大砲を作ってはみたのだが、試放したところ簡単に破裂してしまった。やはり強度が足らぬようだ」

「鉄の棒で突くと中が出てくるということは、かなり外側もやわらかいのですね」

「そうだが、自ら流れ出すほどは溶けておらぬ。ところで、お主、あの蘭語の本には何か役に立つことが書いてあったか」

慎之介は、今の馬場の説明で状況が分かり、思い切って考えたことを提案してみることにした。蘭書の一冊を手にし、ある頁を馬場に見せた。

「馬場さん、ここに書かれているのは元素記号というものです。物質の一番小さな単位を西洋人は見つけています。その中の一つ、これが炭素です。鉄にはこの炭素が含まれていて多ければ溶けやすく、少ないと溶けにくい……」

馬場は急な話の展開に驚いて前に手を出した。

「ちょっと待て。お主の話、おいにはわかりかねる。杉谷副長に直に説明してくれんか。一緒に築地に行ってくれんか」

慎之介はためらった。今回の製砲の実質的な中心人物の杉谷雍助は蘭学者であり、蘭語を読めぬ自分の言うことなど信用してもらえぬと思えた。しかしここまで来て後へは引けん。当たって砕けろと思った。

二

築地の大銃《おおづつ》製造所には、簡単には入場することはできない。藩は幕府の役人と砲製の技術協力の関係にある伊豆韮山の技術者だけは入場を許しているが、他藩の者には絶対に情報が漏れないようにしていた。そもそもこの藩は他藩の者と交流を禁止する規則があり、基本的に藩で鎖国をしていた。二重鎖国である。

慎之介は馬場の算術助手という名目で申請してもらい、一日だけということで許可が出た。製造所には一対になった二つの高い煙突を持つ反射炉が堂々とそびえ立っていた。二つ目の反射炉や水車なども建設中で多くの職人たちが立ち働き、活況を呈していた。

馬場は、土間敷きになっている会所のような部屋に慎之介を案内した。そこで待っていた杉谷は血色の好い顔を馬場と慎之介に向けた。

「わしは忙しいのでな、話は短めにしてくれよ」

声は明るかった。四度の失敗による心痛で大銃製造方七名全員で切腹の覚悟を決めたものの、藩主閑叟の
「此迄《これまで》の経験にて成功せず空しく巨額の金を費《ついや》したりとして死せんとするは何事ぞ、此上《このうえ》幾多の金を費すも惜《おし》む所に非《あら》ず。既に洋人の実行せることを我に於成得《これなりえ》ざるの理あらんや。此の上に一層奮励《ふんれい》して試験と研究とを重ね必ず成功を期せよ」

との直々の励ましでもう一度やり直す気になり、五度目で何とか砲を鋳ることができたからである。

杉谷雍助《ようすけ》はこの時三十二歳、佐賀藩の蘭学者である。藩命にて江戸の伊東玄朴のもとで蘭学を習得し帰藩した。反射炉による製砲の蘭語手引書を訳した学者の一人であり、この事業の技術面は杉谷の判断に委ねられていた。しかし蘭学者とはいえ本職は医者である。もちろん舎密にも詳しいが、鋳物や大砲のことは素人同然、その男が中心人物なのである。そのために青銅砲鋳物師の谷口弥右衛門、刀鍛冶の橋本新左衛門が控えているのだが、それぞれがその道の第一人者で、納得しなければ仕事を始めない頑固なところがある。もう一人の蘭学および漢学者である田中虎太郎は高齢であまり現場に顔を出さなくなっていた。目指す完成品の大砲はまだ遠く、次に打つ

手を決め、皆を説得し前へ進めるのは相当な難行《なんぎょう》である。

　馬場が切り出した。

「この者は、龍前慎之介と申し、弘道館へ入ったばかりでまだ若いのですが、西洋の算術、理学に詳しく、蘭書も理解できる異能の者にござります。鉄について何か分かったことがあるとのこと」

　杉谷は慎之介に少し興味を示したが、月代を剃り上げたばかりの幼い顔に期待はしていない風に見えた。

「なんでも良い。言うてみよ」

　慎之介は蘭語の舎密の本を出した。

「この元素記号の表でCと書かれているこれを炭素と言いますが」

　慎之介は恐る恐る炭素という言葉を使ってみた。

「うむ、元素なら知っておる。『舎密開宗《せいみかいそう》』にもある。炭素のほか、水素や酸素などもあったな」

　舎密開宗とはこの時代に宇田川榕菴という学者が著した化学の本である。ここで初めて元素という言葉が使われ、水素、酸素、炭素などの主な元素の和名が付けられた。知っているのは一部の学者だけであったが、杉谷は知っていた。それなら話は早いと慎之介は気持ちを強くした。

「この炭素は鉄にも含まれておりますが、その含有量が多いと熱で溶けやすく、少ないと溶けにくくなります」

　杉谷はやや驚いて慎之介を見た。

「よく知っておるの。その話も手引書の材料銑の項にあったが、それがどうした」

「今回炉の中で鉄の外側が溶けにくい状態、つまり焼き饅頭の如くに硬い皮がついた状態であるとするならば、それは外側の鉄の炭素が少なくなっているからではないでしょうか」

「そこがわからん。同じ材料なのになぜ焼き饅頭の如くに外側だけ変性するのだ」

その時、別の男が部屋に入ってきた。

「面白そうな話ではないか」

大銃製造方の主任、最高責任者の本島藤太夫であった。

「本島様、実は今……」

馬場が言いかけると本島が遮った。

「よいよい、事情は分かった。肝心のその焼き饅頭の話を続けてくれ。わしは黙って聞いておる」

本島も本業は砲術家であり、鉄の専門家ではない。

三人は慎之介の顔を見た。

慎之介は、さらに元素表を見せた。

「次にここにあるOという記号の元素、これが酸素です。酸素は大気の中にもあり、材料銑の中にもあります」

「ふむ、それで」

「材料銑の外側は炉の中で強い熱にさらされます。その時、炭素が鉄の中にある酸素や大気中にある酸素と結びついて酸化した炭素となります。これは目に見えない瓦斯《ガス》なので鉄の表面から大気中に飛んで行きます。それゆえ表面は炭素が少なくなり溶けにくくなるのではと考えます」

杉谷は驚きの目を慎之介に向けた。これまで何人もの学者や職人に助言めいたことを言われてきたが、材料銑が和鉄であるから悪い等、どれも明確な根拠のないものであった。たとえ材料を良質なものに変えてもこの現象は起きるような気がしていたのだ。しかし目の前にいるこの若者は、杉谷の関心事にのみはっきりと根拠を述べ、返答している。しかもそれは舎密の理に適っているように思えた。

「お主、どこでそのような知識を得たのだ。お主の当て推量ではないのだな」

横から馬場が声をあげた。

「龍前は決して当て推量でものをいう男ではありません」

「ならば、どうすれば良いと考える。それが聞きたい」

慎之介は唾を飲み込んだ。

「かき混ぜるのです」

「なんだと」

杉谷が身を乗り出した。

「とにかく鉄が柔らかくなった時点で強引にかき回して、中と外の材料が混じり合うようにするのです。そうすれば炭素の量がほぼ均一になり焼き饅頭にはならないのではないですか」

杉谷は何かを思い出したように立ち上がった。

「しばし待て」

すぐに書庫より持ってきたのは、手引書のヒュゲーニン著「ゲシュットギテレイ」の原書である。

杉谷はある頁を開き、食い入るように読みだした。

「ここの部分が意味がとりにくかったのだが、この『ｐｕｄｄｌｉｎｇ』という言葉は、ここでは『攪拌《かくはん》す』ということなのか。それならば、お主の言うことと一致する」

杉谷は次の一手が見えたようで、本を持つ手がぶるぶると震えだした。

「本島様、この男の言うこと、理に適っているように拙者には思えますが、次の七度目の作業ではぜひ攪拌を行おうと考えます」

腕を組んで話を聞いていた本島が初めて口を開いた。

「杉谷殿がそう言われるのであればやってみる価値はあるでしょう」

本島は慎之介のほうを向いた。

「そなた、確か弘道館で馬場殿と算術の試合をしておったな」

慎之介は頷いた。

「はい、龍前慎之介と申します」

「舎密の見識も深いようで驚いた。また知恵を借りることがあるかもしれんが、その時はよろしく頼み申す。それにしても弘道館の書生にも大した者がおるものだ。これこそ殿が目指す藩士の子弟全員教育の賜物だな」

慎之介はくしくも本島からその知見を認められることとなった。

この年、慎之介はもう築地を訪れる事はなかったが、馬場より遂次連絡を受けていたので状況はよく分かった。七度目の溶解作業で攪拌を行ったところ鉄湯の流動は適度にまでは至らなかったが、ほぼ全てが溶解した。八度目ではさらに流動性が増し、十分な鉄湯の量があったため、それまでのように大砲の砲腔《ほうこう》部分に中子を入れた鋳型に流し込むのではなく、円柱型の鋳型に流し込み、丸太のような鉄の塊を作り、後から穿孔《せんこう》という作業で、大きな錐《きり》にて砲腔をくりぬいていく製法になった。これはオランダの手引書に従った方法であり、これにより砲の強度は増す。この時点では穿孔は人力であったが、動力として水車の建設が進められていた。そのあと、九度目、十度目、十一度目と作業を行ったが、回を重ねるごとに流動性は増し、作られた大砲もそう簡単には破裂しなくなった。

杉谷は八度目の作業について操業記にこう記している。

「初より此に至る迄《まで》外部銹《さび》して鎔《よう》ざる者全て問はす。唯其鎔易《ただそのとけやす》き者を取て砲を鋳る。此を以て炉内の塡鉄《てんてつ》幾分の残存するを免れず。此回《このかい》始て攪法《かくほう》を施す故に塡鉄全く鎔解《ようかい》す」

最初から今まで、外部がさびのようになって、全てが溶けることはなかった。溶けた部分だけで砲を鋳たが、炉内に鉄が残存した。今回初めて攪法を行うことにより残り鉄を全て溶かすことができた……と、攪拌作業の効果を興奮気味に著している。

三

慎之介は杉谷の言う「舎密開宗」という書物が気になったので、弘道館で山村に頼んで、書庫にあったその本を見せてもらった。全十八巻からなる重厚なもので、確かに元素記号や化学反応式こそないが、水素、酸素、窒素、炭素などのほか酸化、還元、温度などの言葉が出てくる、この著者がつけた和名が百五十年後も使われているのだ。すごいものだと感心した。カナ混じりの漢文で化学変化に関する例を次々と記載している。蒙養舎で少し習った舎密の断片的な知識とは違い、化学の体系を示そうとしていることが分かった。しかし中には首をかしげるものもあった。光素、温素という言葉だ。

この時代では光のもとを光素、熱のもとを温素と元素の一種の如くに考えられていたようだ。

そのあと、前から気になっていたことに関連した言葉を見つけた。平成の世では時を表す「時間、分、秒」は世界の標準であり、誰もが知る単位である。しかしこの時代の日本では一刻（約二時間）が最小単位でありそれも季節によって変わってしまう。それゆえ数学や理科で速さなどの問題が扱いにくいのである。しかしこの著者はおそらく蘭語の文献にあったそれをそのまま漢字にしていた。分は密扭多《みつにつつ》、秒は世紺度《せこんど》と表記している。これは助かる。西洋式の時計も一部に普及しているし、分や秒という言葉がまだ使われていないのならこれを使えば良いと思わず膝を打った。

「慎之介、ずいぶん熱心じゃのう」

慎之介は本に夢中になっていて後ろに山村が立っているのも気がつかなかった。

「あっ、山村先生、失礼ばいたしました。ばってんこれは役にたつ本と思いますたい」

山村は笑った。

「お主はとことん洋学が好きじゃな。ところでな、今度、蘭学寮というものが出来るのを知っとるか」

「ええ、名前だけは」

「おいはそちらへ移ろうと思う。弘道館は何と言っても儒学の教諭らが幅を利かしておる故、今後も洋学に関わるのであればそちらへ行ったほうがよいと思うてな」

この徳川時代、蘭学を教えるのは主に私塾であり、藩が藩校とは別に蘭学学校を作るのはまれなことであった。いかに佐賀藩が洋学の必要性を感じていたかがわかる。しかし一部には藩主閑叟の「蘭癖」による道楽と見る者もいた。

「お主も来んか」

慎之介は驚いた。

「おいのような蘭語も出来ん若輩者が行けるんですか」

「おいの助手ということでな、お主なら洋算の指南役も十分出来るからな。しかしもしお主が、西洋医学を志すというのなら医学寮のほうに推挙してやってもよいがどうじゃ」

慎之介は、平成の世の医学がどれほど進んでいるかよく知っていた。そしてその医療行為のほとんどが、この時代から後の学者や技術者が作った薬と機械によるものである。その使い方を知るのが医学の重要な知識である。したがって今の時代にその知識があっても何の役にも立たないことは自明である。翔太がもし医者になるのならまだしも、その方向に進むこともなさそうである。平成の世の知識が役立ちそうなのはやはり翔太が高専で学ぶ理学か、と思えた。

「いえ、おいは医学はやめときます。出来れば蘭学寮で理学ばやりたかと思いますたい」

山村は頷いた。

「そうか、わかった。おいは先に行くが、お主も来れるように段取りばしておくたい」

慎之介は藩内でも選りすぐりの二十歳を過ぎた秀才たちが学業にしのぎを削るような姿が目に浮かび、やや不安になった。平成の世であればさしずめ大学院のような場所である。しかしまだ時間はある。その間、平成の翔太から高専高校での数学、物理化学をしっかり身につけようと考えた。

年が明け、嘉永五年（一八五二）の春となったころ、馬場栄作から再び大銃製造所へ来ないかと誘われた。

「馬場さん、その後の製砲はいかがですか」

「うん、年明けから、十二、十三度目の溶解作業をしたが、お主の助言で攪拌してからは、鉄湯の流動はよい感じでな。全部溶ける。初めて水車の力での穿孔もうまくいった。ただ、未だ砲の強度は十分ではない」

この間、慎之介は翔太から鉄に関して新たな情報を得ていた。今まで炭素にばかり注目していたが、もともと精錬という作業は、還元、つまり原料鉄に含まれる酸素を取り除くことが重要である。還元は段階的に行われ、四五〇度、八〇〇度、そして一二〇〇度近辺の三段階で別々の化学変化を起こすことにより、十分な還元がなされるという。


築地の現場は、昨年建設中であった二基目の反射炉や穿孔のための水車も完成していた。敷地内には反射炉ではない低い煙突の炉が一つあった。

「馬場さん、あの炉はなんでしょうか」

「あれは、昔からあるたたら場で、青銅砲などを鋳立てるのはあちらを使うと聞いている」

「なるほど。炉の温度が低いのですね」

慎之介が行ったその日は、ちょうど十四度目の溶解の最中であった。三千斤（約千八百キロ）の材料銑を使い八ポンド砲（口径約八五ミリメートル）を鋳造する段取りである。鉄はすでに炉の中で加熱されていた。

慎之介は許可を得て、炉の鋳口から中を見せてもらった。炉の中央で鉄は真っ赤になってやや揺れている。その脇にはロストルと呼ばれる火格子があり熱源の木炭が燃えている。灰は火格子から灰穴に落ちる拵《こしら》えである。風がものすごい勢いで炉内から煙突へ抜けている。高い煙突による「煙突効果」というもので、温度差により気流が発生し、鞴《ふいご》による風送りなどの必要がない仕掛けである。

「そろそろ、混ぜるばい」

鋳物師が声をあげ、職人が鉄の棒を使って真っ赤に燃えている鉄をかき混ぜ始めた。まだ粘性が高く相当な力が入る。何人もの職人が汗を流し、交代で作業をした。やがて溶解が進み、真っ赤な鉄湯が傾斜のある炉床を流れ出し、樋を伝い湯口から鋳型に流れ落ちだした。

――すごいものだ。

慎之介は、圧倒的な鉄の量に目を見張った。ここにいる男たちは何もない状態からたった一冊の蘭語の手引書をもとに、外国人の指導もなくこれを成功させたのだ。それを思えば震えが来るほど気持ちが高揚していた。

主任の本島藤太夫が背後から声をかけてきた。

「此度もすべて溶けたな。お主の助言のおかげで攪拌が如何に重要か分かった。礼を申す」

慎之介は振り返って本島を見た。

「恐れ入ります。しかしながらこの結果は全てここにおられる大銃製造方の皆さんの知恵と苦心の賜物です。その苦労を思えばおいなどは足元にもおよびません」

本島は流れ出す鉄湯に目をやった。

「うむ、しかしまだ課題は残っておる。砲の強度だ。原料の鉄そのものが西洋の物とは違う石州の和鉄を使っておるのでな。これを長崎でオランダから入手した良質の銑鉄に変えていく方向で考えておる」

慎之介は頷いた。

「なるほど、まだまだ為すべきことはあるということですね」

本島は、後年手記「松乃落葉」にこの十四度目の操業で製造した八ポンド砲に関して杉谷の操業記録を引用している。

……此砲《このほう》未だ西洋に及ばざるありといえども其《その》相違たること豈《あ》に遠からんや。

大銃製造方は、この砲である程度の量産への自信を得、この後十五、十六度目の操業で試作期間を終えた。


この後、量産をいかに進めるかで、大銃製造方全員で会議が開かれた。慎之介はこの席に呼ばれた。本島が口を開いた。

「今後の量産に関してだが、良質の輸入鉄を待つか、このまま和鉄を使うかについて皆の意見を聞きたい」

杉谷が答えた。

「輸入鉄を使いたいのはやまやまですが、大量に取り寄せるのには暇がかかり申す。石州から取り寄せた銑鉄はまだ十分にあるためこれを何とか利用したいものと存ずる」

本島が頷いた。

「うむ、しかし今のままでは砲の強度に不安があるな」

皆が押し黙ってしまったときに馬場が言った。

「和鉄を、輸入鉄のようなものにする工夫はないものでしょうか。龍前、何か策があれば何でも言ってくれ」

皆が一番若い慎之介を見た。慎之介には一つの考えがあった。

「銑鉄から酸素を取り除き、精錬することを還元といいますが、和鉄はこの還元が十分でなく、輸入鉄は十分であるのかと思われます。しかし還元には段階があり、低い温度、中くらい、そして反射炉のような高い温度で徐々に還元がされるのではないかと考えます。したがって和鉄をいきなり高温の反射炉に入れても十分還元がされないのではないかと」

慎之介の明快な説明に皆が目を丸くした。

「ではどうすれば良い。考えがあるのであろう」

杉谷が先を急ぐように聞いた。

「ここには、反射炉以外に青銅砲を鋳立てるたたら場がございます。あれを使ってあらかじめ反射炉より低い温度で精錬させてみてはいかがでしょう」

その時、相談役の漢蘭学者である田中虎太郎が初めて口を開いた。

「うむ、銑鉄を精錬するときに熱を徐々に加えるという手法は、漢書にも見たことがある。最初から高い温度ではうまくゆかぬと」

皆が色めきたった。

「田中様が言われるのなら、間違いなかろう。鉄が悪くなることはない。本島様、いかがでしょうか」

杉谷がそう言うと本島も頷いた。

「よさそうではないか」

さっそく次の日から、たたら場で前精練を行う工程を入れた。たたら場は煙突が低く、職人が八つの鞴《ふいご》で四方から空気を送り込まねばならない。ここで火を入れた銑鉄を一旦冷ましてから反射炉で鋳立ててみた。この方法は、見事に的中した。鋳立てた砲の強度は明らかに向上し、実用に十分と認められた。結果を見て本島が言った。

「よし、この手立ては、我が藩の秘伝といたす。極秘事項じゃ。どこにも記載するでない」

藩としての意向により、この工程については杉谷の操業記などにははっきりと記載されていない。しかしこの三年後、民間で初めて鉄製大砲製造に挑んだ豊後国島原藩の賀来惟熊《かくこれたけ》は、この佐賀の極秘情報を得て、和鉄で大砲を鋳立てることに成功したという。


この方法に自信をもった大銃製造方は、和鉄を用いて量産へ踏み出し、その後原材料を輸入鉄に切り替えていった。

これにより佐賀藩は、幕府直轄の伊豆韮山や薩摩藩らに先駆け、鉄製大砲の鋳造《ちゅうぞう》と量産にこの国で初めて成功したのであった。ここで鋳立てられた大砲は伊王島、神ノ島の新台場に順次据え付けられた。

翌年の嘉永六年（一九五三）六月、ペリー率いる艦隊が浦賀に来航した。黒船である。この時なぜ国の玄関である長崎に来なかったか。理由の一つにこの佐賀藩の設置した長崎台場の大砲の充実が挙げられる。その一ヵ月半後、今度はプチャーチン率いるロシア艦隊が礼儀正しく長崎に来航した。幕府全権の到来を四カ月も待ち続け、いったん上海に戻り次の年に再来航したが、この時に威嚇行為などせずに忍耐強く待ち続けたのは、台場に据えられた最新の大砲群による一定の抑止力があったためとも考えられる。

ペリー来航の後、あわてた幕府は品川台場を充実させるため、急遽佐賀藩に鉄製大砲五十門を発注した。この時点で鉄製大砲を製造できるのは佐賀藩だけであることは幕府も分かっていた。このため藩は大量の注文にも応じられるよう築地とは別の多布施という場所に第二の製造所を建造し、さらなる量産体制へと移行していく。

第三章　蒸気機関

一

安政二年（一八五五）、慎之介は二十歳になっていた。前年に二度目のペリーの来航があり、幕府は日米和親条約を結んでいた。この辺りから世の中はこの国の在り方を巡って様々な人間が議論し、奔走し、やがて沸騰していくのであるが、佐賀藩内は二重鎖国政策のため静かであった。ただ軍事力、工業力は着々と備えていたため、藩主の鍋島閑叟は「肥前の妖怪」と恐れられ始めていた。

慎之介は前の年より山村の推挙のもと、蘭学寮に入学していた。一応は寮生であるが山村の個人的助手、指南役のような身分であった。藩主肝いりの教育機関であるが、その意向に反して蘭学寮は希望者が少なかった。医学ならまだしも、蘭学というのは末技《まつぎ》であって武士たるものの成すべきことに非ずという考えが根強くあった。化学などは「硝子《ビードロ》作りに過ぎず」と言い切る者もいた。したがって弘道館で身分の低い武家の者から優秀なものが選ばれ、半ば強制的に入寮させられていた。

しかし選ばれた者らは皆、覚悟を決めており、ここではとにかく蘭語、蘭学一辺倒である。蘭語を学び蘭語の書を読む。平成の世で例えれば、英語を習い出した中学生が数年のうちに欧米の学者の書いた専門書を訳し、中身を理解しようと努力しているようなものである。しかも分かりやすい文法の参考書などないのであるから、蘭語の辞書の単語を覚え、文章の意味を類推する。漢字の並びで漢文を理解するのと同じような手法で極めて効率の悪い勉強方法である。さらに専門書の場合は蘭語に対応する日本語の言葉がまだないのであるから大変である。それでも選ばれた秀才ばかりなので寝る時間をも惜しむように懸命に励んで徐々に身につけるのである。眠くなるとわざと腕を蚊に刺されて眠気を覚ますなどと言う強者もいた。慎之介はこのような者らには、とてもついていけないとため息が出た。

このような無用な苦労をすっ飛ばして、日本の言葉で全てのことを学べる平成の世の学生らは何と恵まれていることかと何度も痛感した。平成の翔太もさすがに蘭語にまでは手が出なかった。英語で手いっぱいのようであった。

このころ弘道館であまりにも優秀な故、藩命にて蘭学寮へ移された者に後の明治新政府で司法卿となる江藤新平がいた。江藤もまた手明鑓の極めて貧しい家の出であった。

久しぶりで坂田平助に会った。

「慎之介、蘭学寮のほうはどうだ」

「いいや、寮生の皆さんには頭が下がる。とてもおいにはあのような馬力で勉強はできんばい」

「しかしお主、そこで洋算の手ほどきなどしておるのであろう」

慎之介は山村に言われるまま、希望する者にだけ代数や方程式などを教えていた。最初は蘭語も解せぬ若輩者がと疑いの目で見られたが、問題を次々と解く慎之介に対し寮生も見る目が変わって、次第に人数が増えた。平成の世にある便利な黒板というものがないので、小さな四角い板に数字と英字を書いたものをどっさり作り、並べて数式を作って見せた。次第に知的な遊びのようになり慎之介の数学は寮生の息抜きの時間となっていた。

「龍前の数学は分かりやすかのう」

何人もの寮生がそう言った。この場所に他に分かりやすいものなど一つもなかったのだ。蘭書の中は謎だらけである。

そういう時、山村がいつも言ってくれた。

「分かりやすかということは、論じる者が全部を腹に落としておるからばい」

寮内でそういう役割を得ていたため、あえて蘭語は勉強せずに許してもらえた。しかし蘭語の理数の本を眺めて式を確認することだけは続けていた。翔太の方は高専五年目に入っていたので向こうでの教科の内容は相当高度になっていた。

「おいに今できることはそれぐらいしかなかよ」

慎之介は平助に笑って返答した。


藩主閑叟がこの蘭学寮を作った理由の一つは、若い藩士を他藩の者と交流させず藩内で純粋に蘭学を学べる場所を設けることにある。それまで弘道館で優秀な者は江戸や大坂、京都などの私塾に藩命で留学させていたが、その間、どうしても流行りの尊王思想に染まる者が出てくる。武家の教育の根幹は儒教（朱子学）であってこれは徳川武家体制に都合のよい学問であった。もとより佐賀には「葉隠」なる極めつけの武士道思想もある。それに対して尊王思想は「国学」に戻れということであり儒教教育にも反発することになり、ひいては幕藩体制に疑問を呈することとなる。藩内でその核となっている人物が弘道館の教授である枝吉神陽《えだよししんよう》である。江戸留学帰藩後「義祭同盟」なるものを結成し、弘道館の漢学に偏重した教育内容に異議を唱え、国学を学ぶことを認めさせるなどの運動を推し進めている。藩主閑叟は、枝吉が藩にとって極めて卓越した学識をもつ重要人物であるため静観していたが、本音は藩内を思想で混乱させたくはなかった。二重鎖国もそれが目的である。今はなりふりかまわず西欧並みの工業力と軍事力をつけるのが先決、そう信じていた。


「お前、枝吉先生をどぎゃん思う」

平助が慎之介に真顔で聞いた。

「おいは、漢学も国学も興味はなか。お前はどうじゃ」

「おいは、国学がおもしろか。枝吉先生はこん国がどういう国であるかを学び、これからどういう国にすべきかを考えることが大事じゃと言われる。おいもそう思う。おいは義祭同盟に入った」

平助は枝吉の尊王思想に引かれ始めていた。平助だけでなく何人もの弘道館生が枝吉に傾倒していた。

対してこの国がどういう風になるかを知ってしまっている慎之介は冷めた目で見てしまう。漢学にせよ国学にせよ本当に学校で修めるべきものなのか、何か違う気がした。西洋の学問と技術こそがいつの時代になってもぶれることなく唯一裏切らないものであり、藩主閑叟の進む方向が現時点で正しいと思えた。この国でそういう藩も必要な気がした。

「面白いと思うことがあるのはよいことばってん、おいは今蘭学寮のことで頭が一杯で他のことは考えられんよ」

「蘭学寮はよかばってん、精錬《せいれん》方は評判が悪かな」

この時期、藩内で技術の拠点が三か所になっていた。火術方は、大砲製造の拠点でいわば工場、その火術方に属する蘭学寮は教育機関、精錬方というのは、理化学研究所の役割である。

精錬方の中心人物は、本島藤太夫と並ぶもう一人の殿の側近である佐野常民（このころは永寿）である。火術方および製造方は藩士だけで運営しているが、精錬方は藩外より有能な人材を請い、藩士に取り立て、莫大な藩費を使いさまざまな実験や機械の試作をしていた。佐野は佐賀藩がこの国で一番の工業力をつけるには当代随一の技術者、学者を集めることが必要と考えた。しかし今のところ何の成果も上がっていないため風当たりは強い。殿の蘭癖を慰する娯楽場の如く言う者もいた。

「ひとまず蒸気機関の雛型を作るのが目的と聞いておるが」

慎之介は平助の言葉に頷いた。

「そうであろうな。大砲の次は蒸気船とお考えであろうな」

この時代、蒸気機関は西洋文明の象徴であった。工場の動力というよりもまずは蒸気船、そして蒸気機関車である。

慎之介は翔太を通じて存在は知っていたが、平成の世ではすっかり過去の技術になっていた。しかし翔太は、慎之介からの交信で急に蒸気機関に興味をそそられた様だった。翔太は高専の課外活動で「機械制御研究会」という部に所属していた。ここでは、自ら工夫して作った機械で他の学校と競技をし、巧拙を競うのである。機械全般に興味がある翔太は、早速、蒸気機関に関する文献を調べ始めた。さらに仲間を募り蒸気機関の模型を作るなど熱中し出した。鉄の調査などに比べてこれは学生にも手の届く範疇であった。慎之介から見ても翔太の一月ほどで作り上げた模型はそれほど難しいものではなかった。横倒しのシリンダー（気筒）内でピストン（活塞《かっそく》）が前後に動くのであるが、ピストン左右の気室にそれぞれ蒸気の出入りする弁がついており、ピストンの動きに連動してこの二つの弁が交互に開閉する、即ち片方の気室に蒸気を送れば、もう片方の気室からは蒸気が抜ける機構である。この連動機構さえうまく作りこめば何とかなる。特に蒸気でなくとも、鞴《ふいご》で空気を送り込めば動き続けた。模型なので人の口から空気を送り込んでも少しは動かすことができた。この模型により蒸気機関に必要なのは熱ではなく、高い気圧の空気であるということが誰にでも分かる。

慎之介はどうしてもこの模型をこちらでも作って寮生らに見せてやりたい衝動に駆られた。作れないかと検討したが木や竹を加工しただけでは出来そうになかった。本格的な職人の技が必要である。仕方なく木と紙で全体の動きだけでもわかる教材のようなものを拵《こしら》えた。

「山村先生、このような物を拵えました」

慎之介は蒸気機関の模型をさし出した。

「なんじゃこれは」

「蒸気機関の仕組みを学ぶための雛型ですたい」

「ほう、お主は蒸気機関まで勉強したか」

慎之介は車輪部分を回転させるとシリンダー内でピストンが動き出し連動して二つの蒸気弁が交互に開閉する様子を見せて説明した。

山村は、仰天した。

「初めて知った。蒸気機関とはこのような仕掛けなのか。それにしても本物を見たこともないお主がようこれを作ったの。早速寮生にも見せるばい」

次の日、寮生の前でこの模型を披露した。寮生はみな興味津々で慎之介の説明を聞いた。

その中に秀島藤之助という男がいた。蘭学寮きっての秀才であるが、慎之介の数学には興味を示さず。常に一人で黙々と勉強している。その男が叫んだ。

「そういうことじゃったか！」

一冊の蘭書を開き、蒸気機関の説明の頁をさし出した。

「ここの意味がどうしても分からんかったが、今これを見てようやく分かり申した。この弁の動きはこれを見ねば分からんな……それにしてもな」

秀島が呆れた顔をして慎之介の顔を見た。言いたいことは分かっている。蘭語も読めんお主が、なんでこのような模型まで作れるのだと言いたいのだ。数学にしても物理にしてもそうであ

る。そういう時は、

「蘭書を眺めておれば、一晩寝れば意味がわかる時があるのです」

と答えることにしていた。寮生の皆は、それを知っているのでそれ以上この異能の者に聞いても無駄と分かっていた。この秀島は後に慎之介と関わり合うことになる。

二

模型を作ってほどなくして、慎之介は山村に聞いてみた。

「精錬方では蒸気機関の雛型を作っているという噂ですが、どげな様子でしょうか」

山村は口をへの字にした。

「それが精錬方で何をしておるのかなかなか分からんのでな。特に蒸気機関のことは秘密裏に動いておるように見えるばい」

山村はふと何かを思いついたようで、膝を打った。

「そうじゃ、喜平のやつに聞いてみよう」

「それはどなたですか」

「おいと同じ村で本百姓の二男でな、城下で煙管や飾り物の職人をしとるんじゃが、腕がよいと見込まれて、今は精錬方で仕事をしとると聞いた。今晩飯でも食うか」

精錬方は様々な化学の実験や機械の試作などをしているため、学者だけではどうにもならず、当然物を作る職人は必要になる。特に喜平のような飾り職人は銅板などの金物の加工や精密なろう付け（溶接）などはお手のものであるから重宝される。

精錬方は蘭学寮から歩いてもすぐである。早速、山村は帰り際に精錬方に喜平を訪ね、飯でも食わんかと誘った。山村と慎之介は喜平を伴い多布施川端の道を進んで町方へ出た。質素倹約の城下であるが、煮売り屋が夜に一杯飲ますような店はあった。小上がりになっている一番奥の席が話を聞かれにくいようで山村はその席に進んだ。

喜平は小柄で如才のない男で、山村と同じ四十ぐらいに見えた。しばらく談笑した後、酒が入り、山村が切り出した。

「ところで、精錬方の蒸気機関の雛型は、進んでおるのか」

喜平は少し驚いたようだったが、頷いた。

「いや、あまりよそでしゃべるなと言われとりますばってん、山村様ならよかでしょうから言いますが、昨年より田中先生が考えられた雛型を中村先生が機械図面になされて我々職人の手で蒸気船と蒸気車の雛型も九分通り出来あがっておるのでございます」

山村と慎之介は驚いて顔を見合わせた。

田中先生とは京で「からくり儀右衛門」と囃《はや》された器械師、田中久重であり、中村先生とは物理化学、機械図面にも通じた蘭学者中村奇輔である。どちらも精錬方主任の佐野常民が京より連れてきた者らである。他に石黒寛次という蘭語では右に並ぶものがないという練達の学者、それに田中の息子の二代目儀右衛門を合わせて四名が精錬方の中心となっている。四名は佐賀藩士に取り立てられているが、藩士としての待遇よりもむしろさまざまな実験ができるこの精錬方の環境と佐野の熱意に魅力を感じ、はるばる佐賀まで来たのであった。ことに田中はすでに五十を過ぎ、京都で機巧堂なる店を構えており、発明品である無尽灯という照明器具が売れ、大きな財をなしている。もとより藩士の待遇などに興味はない。

「しかしながら……」

喜平は酒の入った湯呑をひとまず置いた。

「精錬方に今は誰もおられません。当分は戻られんでしょう」

山村は怪訝な顔を向けた。

「誰もおらんとは、どういうことばい」

「長崎海軍伝習所の件は、ご存知ですか」

「あ、あっちへ行ったか」

長崎海軍伝習所とは幕府が海軍士官養成のため長崎に設けた教育機関である。軍艦の操縦だけでなく造船や医学、語学なども含まれていた。オランダ海軍が教師を務めるとのことで伝習生は幕臣が三十七名、諸藩からは百二十八名が集まったが、そのうちの四十七名は佐賀藩からであった。佐野常民を始め精錬方の主な者は全て長崎へ行ってしまったのだ。職人頭の福谷啓吉も含め六名が精錬方の現場からいなくなっていた。精錬方は技術的指導のできない藩士数名と職人しか残っていなかった。

「今年中にお殿様に雛型を動かしてお披露目すると佐野様は言われておりますばってん、未だ完成したわけではなく……」

山村は腕を組んだ。

「一旦伝習所に入るとそうたびたびは戻って来れまい」

慎之介が喜平に聞いた。

「田中先生は、なんとおっしゃっているのですか」

「田中先生はもうこれで大丈夫とおっしゃっておられます。蒸気船は水の上ゆえ心配ないですが、蒸気車の方は試走が十分ではないとおいは考えますたい。今はお披露目に使う鉄路を作っておるのですが、最後の調整はおいに任すと言われました」

田中がそこまで言うということは喜平は職人の中で相当頼りにされていたようである。

慎之介は思い切って言った。

「喜平さん、一度その蒸気機関ば、見せてもらえませんか」

山村が同じことを言おうとしていたのか、膳の下で慎之介の足を小さく叩き、それから喜平の顔色をうかがった。

喜平は困った様子であった。

「まだ製作願いが出とらんということで、人には見せるなと言われております……ばってん、今は人がおらんので少しぐらいならよかかと」

山村と慎之介は顔を見合わせた。

数日後、三人は示し合わせて誰もいない日に精錬方の作業場へ行った。佐野が京都から先生方を連れてきてから足掛け三年になる。その間、さまざまな実験や試作をしたようで、薬剤の入った瓶が並び、硝子や陶器の実験装置や写真機のようなものも所狭しと並んでいた。

喜平が奥の別室へ進んだ。

「こちらが蒸気船と蒸気車の雛型です」

ほう、と二人は目を見張った。蒸気船が二台と蒸気車が一台、蒸気車は二人が想像していたものよりかなり小さく、機関車の車両の長さは一尺三寸（約三十九センチメートル）程度であった。機関車に連結する木製の貨車も二両作られていた。

「蒸気車の裏を見せてもらってよろしいか」

慎之介が言うと、喜平は蒸気車を持ち上げて裏を見せた。

「はぁー、ツーシリンダーか、それにクランクシャフトがついている」

慎之介は思わず平成の言葉を使ってしまった。

喜平は驚いた。

「何のことでございますかな」

「いや、失礼、蒸気が入る気筒が二つ付いており、その中のピストンが交互に動いてここのこの仕掛けで車軸を回すのですね。蒸気の燃料は酒精（アルコール）ですか」

喜平は目を丸くして慎之介をみた。

「龍前様、これを見ただけでそれがお分かりとは驚きました」

「龍前は蒸気機関に詳しいのでな」

横で山村が、にやりと笑った。

慎之介はその出来栄えに感心した。気筒は小さいがギアによる機構が工夫されていて、蒸気の力の弱さを補っているように見えた。銅と真鍮《しんちゅう》を細工して作られていた。翔太が見ても関心するであろう。

「心配になるのはどの部分でしょうか」

慎之介が尋ねると喜平は頷いた。

「蒸気機関は、何度も試験しておりますので心配ありませんが、走行中に車体が揺れて鉄路から外れはしないかと」

喜平は脱線を心配しているようだった。

「図面はあるのでしょうか」

喜平は横にあった図面を広げた。

「これでございます」

慎之介が見てどうこう言うことはできないほどきれいな機械図面でこれもまた感心した。

「慎之介、これを見て何かわかるのか」

「いえ、おいにはどうも言えませんが、とりあえず勉強のため、この駆動部分だけでも絵を写させてください」

慎之介は懐から紙と矢立を出し、大まかに絵を写し、寸法を入れた。

「この駆動する部分の材料は真鍮ですね」

「へえ、真鍮です」

「機関車の目方はわかりますか」

喜平が言う機関車の重量も記載した。


後日、翔太の調べで田中久重のことが分かった。ちょうど百五十年後、翔太のいる平成十七年、日本で開かれた万国博覧会で、田中が佐賀に来る前に京で作り上げた「万年時計」が平成の技術者より複製されて展示されたという。季節によって一刻の長さが変わるこの時代の時刻を、ぜんまいを一度巻けば一年間、何の調整もなく、自動的に表示できるものである。その他に西洋時刻、月齢、二十四節季等を同時に表示できる。内部の手作り部品は千点を超えると言う。また芝浦製作所(後の東芝)の創業者としても知られていた。このような異才の人物ならば模型機関車の駆動部などは何の問題もなく作れるのだろうと思えた。

三

六月（新暦七月）、土用の入りの頃に平助から「折り入って」の話があるとのことであった。弘道館内生である平助はめったに家に帰らないが、その日は帰宅する日であったので子供のころのように二人連れ立って帰路についた。夕刻でも土用の日照りは厳しい。二人はそれぞれの村へ行く分かれ道のところにある神社で泉水を竹筒に汲んで木陰の石段に腰を下ろした。

「話とはなんね。内生寮の騒ぎのことか」

慎之介が興味無さそうに聞いた。

「それもある」

この前月、弘道館内生寮で、後に「南北騒動」と言われる事件が起きた。内生寮には六百人を超える書生が起居していたが、弘道館の旧態依然とした儒学教育に飽き足らない書生たちが授業の改革を訴え始め、儒学派の書生たちと寮の南北に分かれて対立、とうとう殴り合いの騒ぎとなった。儒学に反発した書生は南側で主に枝吉の義祭同盟に入っており、平助もまたそこにいた。枝吉の説く国学にのみこだわったわけではなく、ペリー来航以来、広く世界に目を向けなければならないとの危機感からである。義祭同盟では、尊王から発して簡単に攘夷という方向には行かず、西洋を知らねばならぬという考えがあった。首謀者はまだ十八歳の上士の子弟である大隈八太郎（後の重信）であった。

「お前も知っちょるように、内生寮の南北の議論が激しゅうなりあのような殴り合いの騒ぎとなった。大隈と数名のものが退学処分になったばい」

慎之介は、横を向いて平助の顔を見た。

「お前も一つ違えば退学になっていたかもしれんの」

平助は曖昧に頷いた。

「大隈は、議論好きで相手を負かすところまでいかんと気が済まんので嫌われるところもあるが、言うとることは何ひとつ間違ごうてはおらん。弘道館は今のままではいかんのじゃ」

慎之介は通学組でさらに蘭学寮にいるため、その騒ぎからは蚊帳の外であった。

「ところで、これからが話の本題じゃが、その騒ぎの頃にな、妹に縁談の話があってな。これが二回目ばい。ええ話と父母は乗り気なんじゃが、南北騒動でおいが退学にでもなったりしたら破談になることもあるばい。そういう事情もあって早よう決めてくれと言うたんじゃが、お千香が今度もうんと言いよらんかった」

「なんでじゃ。相手が気に入らんのか」

「分からん。それでな……」

平助は一息おいた。

「どうした」

「誰もいないときにお千香にな、お前は、相手が誰ならいいいんか聞いたらだまっとったんで、試しに慎之介ならどうじゃ聞いたら、慎之介さんならよかと言いよった」

急な話の展開に慎之介は、腰を浮かして平助の方を向いた。

「おいおい、今日は一体何の話じゃ」

平助は口元を緩めた。

「とにかくそげん話なんじゃが、お千香はああいうはっきりした性分じゃやから、お前と一度話がしたい、それから決めたいと勝手なことを言いよってな」

「なんと……、驚いたな」

平助は頭を下げた。

「勝手な話ですまんが、一度お千香と会ってやってくれんか。お前から断っても何らかまわん。お千香は話した後、縁談にならんでもいいと言いよる。父母にも言ってないので心配なか」

慎之介は竹筒の水をぐびりと飲んだ。

「会うのはよかばってん、おいは書生の身じゃ。嫁をもらうにはまだ早か」

この時代の西国の武家の男子の婚期は遅く、三十前後が普通であった。

「そういうことは会ってから考えたらよかよ。よし、善は急げじゃ、明日この場所で今時分《いまじぶん》がよか」

「ここでか」

「家ん中は、話聞かれたら恥ずかしかと言いよるんでな」

平助に一方的に頼まれ、断る理由もない慎之介は次の日、同じ刻限にその神社でお千香を待った。お千香であろうと誰であろうと嫁を貰う気などなかった。それにしても年頃の娘の方から男に会って二人で話をしたいなどとは聞いたことがない。話すことなど何もない気がした。共通の項は平助ぐらいである。

蝉の鳴き声がやかましい。慎之介は手拭いで顔の汗を拭いた時、鳥居に一人の女の姿が見えた。お千香は、手伝いの若い女子でも連れてくるのかと思ったが、気丈にも一人でやってきた。一年ぐらい前には会っていたが、十八になるお千香は、一瞬、ぎくりとするほど大人びていた。眇眼もほどんど気にならなくなっていた。

「慎之介さん、お久しゅうございます。此度は無理なお願をいたしまして、はしたないこととは思いましたがどうしてもお話ししたいことがございまして……」

お千香が丁重な挨拶をしだしたので慎之介は戸惑った。

「お千香ちゃん、そぎゃん挨拶はよかよ。ここは暑かけん、日陰に入ろう」

慎之介は、気負ってやってきたお千香を慮《おもんぱか》ってできるだけ親しげに話しかけて、本殿の脇の床几の方に誘った。先に腰を下ろしたお千香からむっとする若い女の匂いが立ち上がった。

「平助が内生寮におってめったに帰らんので、坂田の家もさみしかろうの」

慎之介は再び手拭いで汗をぬぐった。

「うちは家族が多いので大丈夫です」

二人はしばらく他愛もない家族の話をした後、慎之介が

「縁談の話じゃが、おいはまだ……」

と言いかけるとお千香が遮った。

「いえ、今日はその話ではなく、慎之介さんにひとつだけおうかがいしたいことがありまして」

慎之介はお千香の顔を見た。

「平助も言うとったな。話とはなんね」

「違っていたらごめんなさい。慎之介さん、あなたは……」

今度はお千香が慎之介を見た。喉がびくっと動いた。

「あなたは、後の世にお相手がいるのではないですか」

慎之介は全身から血の気が引くのが分かった。お千香は何を言っているのか分からないので落ち着かねばならないが、ひょっとしたらと思うと今度は冷たい汗が出てきた。

「ど、どういう意味ね、それは」

「来世に住むあなたの生まれ変わりの方と記憶を交えながら過ごしているのではないかと」

顔が蒼白になっているのが自分にも分かった。生まれて初めて見抜かれたのだ、この秘密を。しかし誰にも伝えてはならぬと自分で決めたことだ。下を向いて首を振った。

「お千香ちゃんの言うことがわからんばい」

お千香は少し悲しそうな顔をして、ゆっくり立ち上がった。

「大変、失礼なことを申しました。頭のおかしな女子の言うことと笑って忘れてください。今日のところはこれ以上おうかがいすることはありませんのでこれで失礼します」

お千香は辞儀をして立ち去ろうとした。後ろ姿が悲しげである。

思わず声をあげた。蝉の声が聞こえなくなるほど動転していた。

「お、お千香ちゃん、待ってくれ。いや、とにかく……待ってくれんか」

お千香が振り向いたが、慎之介は顔を上げずに言った。

「お千香ちゃん、その通りだ、その通りだ……、あんたの言う通りだ。おいには相手がおる」

お千香は、安心したような顔で笑った。

「ばってん、ど、どげんしてそれがわかった」

慎之介がそう問うとお千香が頷いた。

「私にもお相手がいたのです」

慎之介は仰天して、お千香の顔をまじまじと見た。

「それは、ほんとかね」

お千香はもう一度床几に座りなおして語り出した。

「慎之介さんのことは兄からいろいろ聞いていました。習いもせぬ西洋の数学や理学が出来るとか、神さんが憑いているとか。そして確信をもったのは弘道館進学のお祝いの時、野草の名前を言い当てられましたね。確か……」

「のこんぎくか」

「そうです。あのような野草の名前は、あったとしてもこの時代の普通の人にはわかりません。子供のころに図鑑を見て覚えなければ。私のお相手は草花の好きな女の子でした」

「いつの時代におられるのかな。お千香ちゃんの相手は」

こんな話をしているのが不思議で声が震えてしまった。

「百七十年ほど先です。平成生まれですが、去年、令和六年に十七で亡くなりました」

意外な話だった。

「亡くなられたのか。それも十七で」

「いなくなった時はさみしくて、悲しくてどうしようもなかったのですが、今はやっと自分が普通の人になったと思えるようになりました。慎之介さんのお相手は？」

「おいの相手は百五十年後、平成十七年、二十歳で元気にしておるたい。それにしてもこぎゃん話をお千香ちゃんとするなど、夢にも思わんかったばい。平成の後は令和という時代になるのか。それにその言葉づかいは先の世の標準語と言うやつか？」

「そうですわ。一度この言葉で話がしてみたかったんです」

二人はしばらくの間、夢中で話し込んだ。話し込むうち、慎之介の声の震えは収まってきた。気がつけば陽が大きく傾いていた。

「あまり遅くなっては家の人が心配するたい。そろそろ行かねばな。途中まで送っていくばい」

「またいつでも会えますものね。最後にひとつ聞きたいのですが」

「なんね」

「慎之介さんは、その翔太さんの知識をこちらで使うことをためらっておられるのではないかと」

「つまり歴史が狂うとかそういう意味でかな……」

「もっと簡単にいえば、ずるい行為であるとか」

「確かにそれはあるたい」

「私は、遠慮せず使ってほしいと思います。すでにその知識を使っているのなら、これはもう歴史の必然と考えるべきではないでしょうか」

慎之介は、意外な言葉に少し考えた。

「なるほど、そういう考えもあるのか。つまり自分が此処にいることが必然か、実はごく稀に自分のような者がまぎれていて歴史ができると……、そう思えば確かに気が楽ばい」

「そうですとも、きっとそうです。前世と来世は絡み合っているのです。出来ることは遠慮せず、全部に挑んでみてください」

慎之介は大きく頷いた。

「そうしてみるか」

お千香は、ときどき家の用事でこの神社の前を通るのでお互い連絡があれば文を書いてこの神社のどこかに隠そうと提案した。二人は縁の下のある場所に文の置き場を決めた。

「これは、伝言《メール》というものですね」

「神社伝言たい」

その帰り道の景色を慎之介は生涯忘れなかった。暮れかけた空とむせかえるような夏草の匂い、蝉の声、雑木林の色さえも昨日とは違うものに思えた。この安堵感は何に例えればよいのだろう。横を歩くこの人は、自分のことを知ってくれている。生涯秘密にしなければならなかったことを共有できる人がこんなに身近にいたのだ。そのことを確かめるように何度もお千香の横顔を見た。

——自分は孤独ではなかったのだ。

その思いだけで胸がときめいていた。

四

夏が過ぎると一気に日が短くなった。お千香とは何度か文を交わし、こっそりと神社で会っていた。二人だけで話ができるのはその場所ぐらいしかない。お千香の話では坂田家ではこの娘の縁談については、しばらく様子を見ようということになったようだ。お互いすでにこの数奇なめぐり合わせである相手に誰よりも親しみを感じていたので、一緒になればもっと話ができるという気持ちはあるが、それはまだ早い気がした。

慎之介は蘭学寮の帰りにこの神社に寄るのが癖になっていた。もちろんお千香からの文を確認するためだったが、人目もあるので必ず最初に御参りするようにしていた。毎日のようにいそいそと縁の下を確認している自分が恥ずかしかった。人とはめったに会わなかったがたまに若い行商人を見かけた。同じような時刻にここで休んでいるようであり、二回目に向こうが声をかけてきた。

「弘道館の書生さんでございますか」

腰の低い善良そうな男に見えたので慎之介も辞儀をした。

「はい、帰り道に御参りば、することにしとります」

男は、薬や小間物を行商して城下の村々を巡っているようであった。一度腹痛の薬を買い求めたこともあったが、その後は会わなかった。しかしこの何の利害もない男との偶然の出会いが後々の慎之介の運命を変えることになるとは、この時は露にも思わなかった。


平成の翔太のほうは、高専五年生になっていた。高専での数学の成績は、相変わらず首席を争うものであり、現在は卒業研究に取り組んでいた。その課題が「機械の剛性と強度」に関するものであったので慎之介の写した蒸気車の雛型の図面にも興味を持った。脱線の可能性はいろいろ考えられるが、まずは車軸の強度に注目して計算を進めてくれていた。金属材料にはそれぞれ「許容曲げ応力」という数値があり、真鍮の場合のこの値を用い、軸の長さや加重から最低必要となる軸の直径が求められる。結論としては、この蒸気車の模型ならば今の車軸ではやや細いという解析結果であった。必要な強度がなければ破損の可能性だけでなく、剛性も十分でないと予想され、車軸にぶれが生じ、車体が揺れることになるだろう。強度と剛性を上げるには車軸をやや太くするのが最も簡単な対策ということであった。

その日は、いつものように朝から蘭学寮に入ると、何やら騒がしい様子だった。山村が慎之介を見た。

「おお、慎之介、待っていたぞ。精錬方で本島様がお主をお呼びだそうじゃ」

慎之介は首を傾げた。本島藤太夫は、大銃製造方の責任者であるが、精錬方とは直接関係がないはずである。

「何のことでしょうか？」

「例の蒸気車のことらしい。おいも一緒に行こう」

精錬方への道で慎之介が言った。

「先日、喜平さんにこっそり見せてもらったことで、何かお叱りば受けるのでしょうか」

「いやそげんことはなかろう。見ただけなんじゃから」

精錬方に着くと、庭に物々しく天幕が張られていた。中を覗くと先日見た八枚の板に貼られた鉄路が環状に組み上げられたて地面に敷かれていた。その直径は二間ほどあった。脇に蒸気車が置かれていてその横で喜平が本島にしきりに説明していた。

慎之介らに気付いた喜平は、こちらに向かって声を上げた。

「山村様、龍前様、来ていただけましたか」

山村と慎之介が本島に辞儀をすると、本島が頷き、

「ここで立ち話も何であるから、中へ入ろうではないか」

と精錬方の建屋を指差した。

精錬方の留守番の藩士二人も含め、皆で先日慎之介らが図面を見た部屋に入った。喜平は蒸気車を大事に持って運んだ。

「本島様、御無沙汰をしております」

本島と会うのは反射炉以来、三年ぶりであった。慎之介が改めて辞儀をすると、本島が話し始めた。

「今日お主を呼び出したのは他でもない。実はな、拙者も長崎海軍伝習所へ行っておったのだが別の用があって佐賀へ戻ることになってな、精錬方主任の佐野殿よりこちらで蒸気車の雛型の試走をしておるはずなので見てきてくれと言付かったのじゃ。それがどうもうまくいかぬようでな」

本島が喜平のほうを見た。

「へえ、鉄路ができましたのでこれを組んで、その上を走らせましたところ、どうしても鉄路から飛び出してしまいまして」

本島が頷いて続けた。

「誰かわかる者はおらぬのかと聞けば、精錬方でこれがわかる先生方は一人残らず長崎へ行ってしまったようでな。精錬方以外ではおらぬかと聞いたらこの喜平が蘭学寮の龍前とお主の名前を言いよった。驚いたぞ、またお主の名前が出るとはな」

慎之介が聞いた。

「脱線した機関車は大丈夫でしたか」

横から喜平が答えた。

「へえ、職人が何人も周りにおりましたので、飛び出したらすぐに取り抑えましたので、この通り壊れてはおりません」

山村が言った。

「本島様、殿へのこの雛型のお披露目の日取りは決まっておるのでしょうか」

「うむ、来月と聞いておる。あと二十日ほどあるな。その前には佐野殿をはじめ精錬方の六名が皆こちらへ帰るはずだ。それまで待っていてよいものか」

山村は首をかしげた。

「精錬方の皆さまも心配なら早く戻られれば良いものを、なぜ長崎にばかりそれほどおらねばならぬのですか」

「うむ、向こうでは本物の蒸気船を見れるのでな、操作方も学べる。雛型のことはもう頭にないのではないのかな」

「なるほど、本物の蒸気船に夢中になっとるのですな」

本島が喜平を見た。

「喜平、何か策があれば言うてみい」

喜平が少し首を横に振った。

「へえ、蒸気車をもちっとゆっくり走らせればよいのですが、今のところ、走り出すと決まった速さまで行ってしまうような作りになってますので、おいには何ともしようがありません」

慎之介が喜平に聞いた。

「前に喜平さんが言っていたように脱線する前、車体が揺れますか。このように」

慎之介は機関車を持って左右に揺らした。

喜平が頷いた。

「確かに揺れます。そのように」

「それならば……」

皆が慎之介に注目した。

「この駆動部が機械として弱いと考えられます。ここの車軸を太くするのが簡単な策かと思われます」

本島はこの不思議な男の知見と眼力は、反射炉で経験済みであった。

「うむ、なるほどな。お主はいつも何か見通しておる如くに言うな。喜平、そのように作り直せるものか」

「へえ、それぐらいなら数日あれば作れますが、図面と違うものを作るわけにはいきませんで」

本島は腕を組んだ。

「そうじゃな、考案した者の許可なく改造はできんな。予備の蒸気車はないのか」

「へえ、これ一台よりありません」

「わしが長崎に文を書くにしても返事を待っておるのは時間が惜しいな」

慎之介が言った。

「改造してしまうと元に戻せないので、駆動部全体をもう一つ作って交換できるようにすればどうでしょう」

「うむ、確かにそれが出来ればな。喜平、どうだ」

「へえ、ちと時間がかかりますが、それならば先生方から御叱りもないかと」

「どれぐらいかかる」

「龍前様にやり様をご指示いただければ、まあ十日もあれば」

「龍前、お主も助力してやれるか」

慎之介は頷いた。

「もちろん、させていただきます」

精錬方の藩士らも本島がそのように言うならば従わざるを得ない。話はそのように決まり、十日後にもう一度確認することとなった。


慎之介は次の日から毎日喜平のもとへ通った。交換する部所をどのようにするか、喜平はすでに二、三の案をもっていて、その中で一番確実な方法を選んだ。職人である喜平の見識には驚いた。此処へ来て初めて蒸気機関を知ったはずなのだが、この機械の細部にまで、仕組みを理解したうえで作り込んでいた。言われるままに手を動かしているのではない。慎之介は職人というものは大したものだと改めて感心した。

五

約束の十日が経ち、山村と慎之介は朝から精錬方を訪れた。精錬方の庭には、再び天幕が張られていたが、中から甲高い男の声が響いた。

「拙者のおらぬ間に、勝手に図面と違うものを作るとは何事ぞ」

中を覗くと、喜平がその男に叱られているところであった。

横から精錬方の藩士が事情を説明したが、その男は激高しており、聞いていない様子であった。

山村が小声で言った。

「中村様だけ、先に戻られたようだな」

その男は京から連れてきた先生方の一人、蒸気車の機械図面を描いた中村奇輔であった。この時三十歳、蒸気車のことが気になって先に戻ってきたようだ。この男は洋書にある図説を見る毎に、何としてでも同一の物を作ろうと試みる豪胆ともいうべき気性の者であった。その分、自分の図面には自信を持っており、図面と少しでも違うことをされると逆上して声を荒げることになる。慎之介はその男に狂気ともいうべき執念を感じ、戦慄した。

そこに本島が駆け寄り、事情を説明してようやく落ち着いたようであったが、不満げに喜平に命じた。

「部品を元に戻してもう一度走らせよ。拙者が確認する」

周りの者も考案者には逆らわず、喜平が車軸を元に戻して走らせる準備をした。窯に水を入れ、酒精に火をつけると、間もなく煙突から蒸気が上がりだした。窯の弁を手で締め、窯の圧力を上げていく。木製の貨車も二両連結した。喜平が手で押してはずみをつけると蒸気車は進みだした。周りを職人らが取り囲んだ。一周したあたりで速度が上がりだし、車体が揺れ始めた。

「いかんな」

中村が声を上げると同時に蒸気車は鉄路から外れたので、職人が手で押さえ、蒸気を抜いた。皆が中村を見た。

中村は、しばらく考え、放心したように言った。

「速度を落とす工夫がいるが間に合わぬ。しからばそちらの部品に変えてやってみよ」

喜平は、慎重に駆動部分を新しいものに付け替えた。そして同じように酒精に点火して窯の圧力を上げていった。皆が固唾を飲んで見守る中、蒸気車はゆっくりと動き出した。そして徐々に速度を上げていったが、足回りが重いためか先ほどよりは若干速度が遅いように見え、左右のぶれもなく安定して走った。二周目、三周目とも脱線の恐れはなさそうに見え、五周目で酒精の火力が落ちたのか速度が落ち始め、やがて停止した。

皆が中村の顔を見た。中村の眼は爛々と輝いていた。

「良いではないか。喜平、これはお主一人の考えではないな」

「へえ、いえ……」

喜平が言葉に詰まって本島を見た。

「此処における蘭学寮の龍前慎之介の助言である」

本島がそういうと、中村は初めて慎之介の存在に気付き、近づいた。

「お主、若いようだが書生か。如何にしてこの部分が弱いことが分かった」

慎之介が遠慮がちに答えた。

「脱線する前に蒸気車が左右に揺れると聞きましたので、車軸が弱いかと。ついでに駆動部分全体も補強しました」

中村は、腕を組んで口元を緩めた。

「たまたまだな。素人が言うことがたまたま的を射ることもある。軸を太くすれば強くなるのは誰にでもわかる道理だ」

慎之介は中村の言葉に、頭に血が上った。翔太が苦労して計算した結果をたまたまと言われたのでは気持ちの収まりがつかない。

「たまたまではござらん」

皆が慎之介を見た。

「そもそも中村様はどういう根拠をもってしてこの軸の太さを決められたのか。経験だけで決められたのではありませぬか」

「なんだと」

中村が気色ばんだ。それを無視して慎之介が続けた。お千香の言った『遠慮することはない』という言葉が背中を押した。

「これは雛型ですからいいでしょうが、実際の機関車ならこの貨車のところに人が乗ります。人命がかかっているものを強度や剛性の計算もせず考案することはできません。西洋ではすべての機械は物理の計算に基づいて確証を得たうえ、作られます」

この時代のすべての機械が計算に基づいて作られているかは慎之介も知らないがはったりも含めて言った。

中村は口を開いたまま、慎之介を睨みつけた。おぼろげながらそのようなことは分かっていた。しかし今の自分にも精錬方にもそこまでの力はない。いや、そんなことのできるものなど誰もいない。

「ならば、お主、この車軸の太さを算出したというのか」

「いかにも」

「ならば、どう算出したか此処で言うてみよ」

「中村様は西洋の数学と物理を理解されますか」

「……」

中村は機械図面は器用に描くが、本来の専門は化学である、数学はそれほど得意ではない。駆動する機械の考案も田中久重にゆだねているところがあった。

「西洋の数学を理解せぬものに説明することは不可能です」

場が緊張し、皆は慎之介に中村にも負けぬ狂気を感じ始めた。それを察した山村がその場を制した。

「蒸気車は首尾よく走り申した。たまたまうまくいったかどうかは、この際よかではなかか。拙者どもは蘭学寮に戻らねばなりません。これにて失礼おばいたしますたい」

と慎之介の袖を引いて辞儀をしながら逃げるようにしてその場を去った。

中村は「待て」とは言わなかった。茫然として二人を見送った。西洋の理学にしろ機械考案にしろ、数学による根拠がその基本にあるべきだというのは、長崎海軍伝習所で改めて知らされたのだが、そのあたりをごまかして形だけ先へ先へと進もうとしている自分をあの若造に真っ向からたしなめられたような気がしたのだ。

「あの男、何者でござる」

本島に聞いた。

「不思議な男だ。蘭語も解せんのに蘭書の中身がわかる異能の者と聞く。反射炉でもあの者の助言に助けられたことがある」

「蘭学寮の龍前慎之介か、はったりだけの男か本物の異能かはわからぬが覚えておこう」

中村がつぶやいた。

蘭学寮へ戻る道、山村が言った。

「慎之介、お主にしては珍しいではないか。あのように強く言うなど。しかし良く言った。中村殿のあの顔、胸がすっとしたばい。精錬方では様々な機械の試作で相当な藩費を使っておる。それがどうだ。蘭学寮の書生のお主の助言がなければあの蒸気車もどうなっておったか。ところで車軸の太さを決める計算は本当にできたのか」

山村は、この時点でも慎之介の能力がどれほどのものかを測りかねていた。

「はい、不十分ではあるかと思いますが、算出しました」

山村はそれ以上聞かなかった。慎之介はつらかった。恩師である山村にその内容も説明したいのだがそれはできない相談であった。機械工学で重要な各材料の応力などの数値は平成の世であれば便覧を見ればわかるのだが、この時代にそれはない。かっとなった勢いで中村にあのように言ってしまったが、この時代に無理な注文であるということも確かだった。そもそも西洋諸国でもまだ重さ、長さ、力等の物理単位が統一されていないのだ。メートル法にしても欧州学者の間で統一されたのはここから十年ほど先である。ましてやこの国で平成の知識だけをもって、機械工学の強度計算を説明するのは不可能に近いと思えた。

さらに十日がたち、蒸気車、蒸気船の雛型を藩主閑叟へお披露目する日とあいなった。精錬方も主任の佐野常民を始め全員が揃い、また藩の重臣や弘道館教授陣、選ばれた書生などが集まり、検分という意味合いを含んだ観覧会となった。山村や慎之介は呼ばれなかった。最初に池で蒸気船を披露し、次にいよいよ蒸気車の試運転である。走り始めた蒸気車の様子に、老齢の重臣らは打ち驚き、

「人の作った生き物でもない物体が、酒精に引かれて自分から動いていくとはまあ不思議も不思議だ」

と嘆賞したという。精錬方は初めて殿よりお褒めの言葉をいただいた。雛型とはいえ、日本人だけの手で蒸気車を作り上げたのはこれが最初である。この雛型が特に後世の鉄道と技術的な繋がりはない。しかし見学者の中に復学していた大隈八太郎がおり、この十七年後（明治五年）に開通した新橋横浜間鉄道の主要な提唱者となる。この観覧会が大隈に強い印象を与えたことは明らかである。

蒸気船に関しては、この年、もう一つの技術雄藩であった薩摩藩が本邦初の実物の蒸気船を建造している。この時点で佐賀は薩摩に後れを取っているのだが薩摩の船は和船に蒸気機関を乗せただけのものであり、実用船ではなかった。藩主閑叟も精錬方も、佐賀が蒸気船を作るのであれば実用船でなければ意味がないと考えていたようだ。

数日後、神社で千香と会った。大銃製造方や精錬方との関わりはすでに伝えていた。なんでも話ができるのは本当に助かる思いであった。日が短くなったので話ができるのはほんの四半刻（三十分）程であったが。

「蒸気機関車はうまくいったんですか」

「うん、翔太の計算通りに改造したら、脱線しなくなったばい。殿へのお披露目も無事に終わったようだ」

「それはよかったですね」

「しかしな……」

「なんです？」

「反射炉の時もそうだが、今回も自分の成したことが少しは藩の役に立ったとは思うのだがな、翔太の調べでは、どうやら歴史の中においの名前は全く残っていないらしい。大銃製造方の七名や精錬方の六名も皆名前が残っているらしいが」

「そうなのですか」

「つまり、おいは大した仕事はできないようだな」

お千香は首をかしげて慎之介を見た。

「慎之介さんは、歴史に名前を残したいのですか」

「いや、そういうことではないのだが」

「私は名前が残っていない方がいいと思いますよ」

「なしてそう思う？」

「もし何かを成した人として記録に残っていたとしたら、それをしなければいけなくなります。行動に制約を受けます。慎之介さんは今の時点で歴史から自由なのです。何をしてもよいのです」

慎之介はお千香の顔をみた。

「お千香ちゃん、お前はほんに頭がよかな。言われてみればその通りだ。自由というのはいいな、平成の世ではよく使われる言葉だが使ってみるとその意味がわかる気がする」

「いい言葉ですね」

「お千香ちゃんと話していると、まるで自分が翔太になって平成の女子と話しておるような気になるな」

慎之介はお千香と会うたびに心にあるもやもやが一つずつ晴れていく思いがしていた。

第四章　電　信　機

一

年が明け、安政三年（一八五六）の春となった。この年、弘道館では動きがあった。南北騒動の南側の書生らが、続々と蘭学寮の方に移ってきたのだ。復学を許された大隈八太郎をはじめ、儒学に学ぶものはもはやないと考える義祭同盟系の連中である。この者らは、蘭書を通じて理学よりはむしろ欧米の法制、政治、社会学を学びたいと考えており、同じ義祭同盟であった先輩の江藤新平らと一派を成していた。蘭学寮は徐々に大きな所帯となってきていた。さらに長崎海軍伝習所から戻る者もいた。この者らは伝習生として正式に数学をはじめ機械学、航海学などを学んできていた。

山村が、慎之介に伝習所帰りの三人を紹介した。

「慎之介、この者らは、伝習所でオランダ人から数学を学んできたという、お主以外に数学のできるものが増えたのはよかことばい」

三十前と見える三人は、若い慎之介をちらと見た。蘭学寮で西洋数学が出来るものがおると聞いてはいたが、ほんの初等を理解するものであろうと見ていた。

そのうちの一人が言った。

「龍前さん、おい達には、なかなか解けん問題がありまして、ひとつご教授願えませんか」

その男が、問題を差し出した。実際その問題は伝習所で誰も解けず、オランダの教師が解くのを横で見ていただけの問題であった。慎之介に恥をかかせてやろうという魂胆が見て取れた。周りの者もそれを感じ、緊張感が走った。

慎之介はその問題を見た。蘭語の記述もあったが、慎之介は、すでに数学の記述であれば蘭語が分かるようになっていた。数列の複雑な問題であった。

「これは数列を使う問題ですね。伝習所ではなかなか高等なものをされておるようですな」

伝習生らはほんの一、二年間、長崎で数学を学んだだけだが、翔太の数学は子供のころから演習に演習を重ねた筋金入りの学力である。公式などはすべて頭に入っている。

「ここはこういう公式があって……」

慎之介はすらすらと式を書き出して、瞬く間に答えを導いた。

「解は、これではなかですか」

三人の男は、解を見るとともに仰天して顔を見合わせた。一人が興奮して言った。

「間違いなか。御名算でござる。龍前さん、あんたのような人が蘭学寮におるとは知らなんだ。長崎では幕臣や諸藩からも百人からの伝習生がおったが、わしら佐賀の三人、数学使わせたら、もはや敵うものはなかろう、日本一じゃと自負しておったばってん、あんたにはかなわんことがはっきりわかった。あんたが佐賀一、いや日本一の数学者じゃなかか」

山村や周りの寮生は改めて、慎之介の実力を見た思いで興奮していた。

「龍前さん、あんたにこれを差し上げよう。便利なもんばい」

その男の手元を見て慎之介は思わず声を上げた。

「鉛筆じゃなかか！」

その男は不思議そうな顔をした。

「えんぴつとはなんね。これは英語でペンシルというもんばい。伝習所でもらったもんで墨もなしで字が書けて便利なもんたい」

慎之介は鉛筆という言葉がまだなかったことに気がついて、頭に手をやった。

「いやあ、ペンシルは話に聞いておりましたが、見るのは初めてです。ありがたく頂戴いたします」

翔太が子供のころからさんざんに使った道具であるが、実際に手にするのは今が初めてであった。さっそく紙に字を書いてみた。

「これが、えん……、いやペンシルか。うれしかな」

三人の男はペンシルごときで、これほど喜ばれるとは思わず、慎之介の無邪気な様子に思わず微笑んだ。


平成の翔太はこの春、高専を卒業し、九州の工業試験場へ就職した。製造会社で物作りをする道か迷ったが、広くさまざまな領域の技術を学びたいと考え工業試験場を選んだ。この頃から翔太との交信に変化があった。子供の頃の様に全ての記憶を交えているのではなく、強く意識した部分だけが交信されるようで、日常の記憶はうっすらと伝わる程度になっていた。お互いが大人になった故かと思われた。

秋になり、本島藤太夫より山村とともに呼び出された。蘭学寮は火術方に属しているため山村にとっては本島は上役ということになる。珍しく火術方の畳敷の部屋であった。

「実は殿の命でな、精錬方ではこれから二つの物を作らねばならない。一つは本物の蒸気機関、そしてもうひとつはな……」

「……」

山村と慎之介は身を乗り出した。

「御主らも知っておるであろうが電信機《テレガラフ》というものじゃ」

山村が感心して膝を叩いた。

「電信機を作るのでござりますか」

「蒸気機関に関しては将来蒸気船を作るために、此度、三重津に御船手稽古所を設けることになり、そちらで進めることになるであろう。それには田中久重の父子と石黒らが当たるため、電信機は中村奇輔が中心となる。それでな、龍前、お主に手伝ってもらいたいと精錬方より依頼があったのじゃ」

山村と慎之介は顔を見合わせた。

「拙者でお役に立てるのですか」

慎之介は本音としては、中村奇輔を相手にするのはやりにくいなと考えた。昨年に蒸気車の件では少しやりあってしまったことも頭をよぎった。

慎之介の顔色を見た本島は口元を緩めた。

「これはな、中村殿の直接の指名なのじゃ、お主と職人の喜平より他にこの藩で頼りになりそうなものはおらぬとな」

「龍前の身分はどうなります」

山村が聞くと本島が頷いた。

「大銃製造方で掛《かか》り合《あい》として取り立てよう。わしのところから精錬方に出仕するという形でどうじゃ。このご時世で、掛り合と言えども役人を増やすのは厳しいが、一人ぐらいわしが何とかする」

掛り合とは一番下の御役目で、平役人という意味か。身分の手明鑓、切米十五石は変わりようもない。反射炉で活躍した杉谷や馬場でさえ、身分は手明鑓である。ただ、役付きとなるとわずかばかりの役料が出る。

もとより断る理由もない。

「謹んでお受けいたします」

二人は辞儀をしてその場を去った。


帰り道、電信機ならば電池と電磁石、電線があればよいか、と頭の中で構成をめぐらしている慎之介を横目で見て山村が言った。

「慎之介、お主分かっておるのかこの事態が」

「はあ、精錬方で電信機を作ることですか」

「何を言うておる。その前にお主は藩から御役をもらうことになったのじゃぞ。お主は、龍前家の嫡男であろう。すぐにでも家督を継がねばなるまい。もはや、蘭学寮の書生ではないのだぞ」

言われてみればその通りである。慎之介はまだ書生の延長のような気でいた。

「いかにも、そうでありますな」

「お主は、ほんに気楽なやつじゃな」


村へ戻って父母に告げると、大騒ぎとなった。

「まことか。御役をもろうたじゃと」

父の与一は興奮してうろたえていた。

「まずは、御先祖様に御報告ばい」

「なんということでしょう」

母のきくも涙を流し、三人で仏壇に手を合わせた。

数日後には、親戚を呼んで祝いの宴となった。弘道館本校に上がった時も家ではこのようなことはなかった。役をもらうとはこれほどのことなのか、と改めて手明鑓の武家としての長く不本意な歴史が思われた。泰平の世の手明鑓の家は、代々藩から十五石の切米で生活保護を受けているようなものである。

その席には坂田平助も来てくれた。父母の前で辞儀をした。

「まことにめでたいことですたい。弘道館を修了しても、手明鑓からは御役に着けぬ者も多い中、慎之介は書生の身でありながら精錬方の先生より直々に指名され、その才を頼られておるのですからな。内生寮の者らも驚いており申す」

「平助さんにも世話になり、ありがたいことで」

父母は辞儀を返した。

「ところで、めでたついでにございますが、慎之介は家督を継ぐということになりましょう。その時には是非に我が妹、お千香を嫁の候補にお考えくださりますようお願いいたします」

父母が、意外な話に顔を見合わせた。

「二人はすでに思い合っております」

傍で聞いていた慎之介はあわてた。

「平助、急に何をいうのじゃ。そんなことを言いに来たのか」

平助が口元を緩めて慎之介を睨んだ。

「お前らが、時々あの神社で逢うとるのは、わしの家の者らはみな知っとるぞ」

父の与一が驚いて真顔で聞いた。

「神社のような場所でどのように逢瀬を重ねるというのだ」

「お前様、何を言うのです。話をするだけにございましょう」

夫婦の会話に平助は下を向いて笑いをこらえた。

このときから両家の縁談の話は進んだ。

二

アメリカのモールスが実用的な電信機とその方式を発明したのがここより二十年ほど前であるが、アメリカではそこから一気に実用化が進み、一八五二年に電線網の距離は二万三千マイル、この時点では大陸横断電信網が建設中であった。(一八六一年開通)

日本では、ペリーが二回目に来航した際に、電信機を幕府に献上、横浜で実際に電線を張り、通信の実演を行った。その同じ年、藩主閑叟は、長崎でオランダ献上の電信機の実演を見ているので、このころから電信機の独自開発を考えていたとみられる。

慎之介が精錬方に出向くと、中村奇輔と喜平がすでに電信機の試作に取り掛かっているようであった。脇にもう一人の侍が様子を見ていた。その侍が慎之介に気付いた。

「おお、お主が噂に聞く龍前慎之介か、よう来てくれた」

精錬方主任の佐野常民である。佐野も若いころより大坂の緒方洪庵の適塾などに学んだ者であるが、蘭学者としてより藩主閑叟の有能な側近として立ち働き、精錬方では周旋役に徹して諸国より練達の技術者らを集めて情熱的に事業を進めていた。

「話は聞いておるだろうが、中村殿がお主を名指しでな、電信機に限らず是非手伝ってもらいたい」

「身に余ることでございますが、よろしくお願い申しあげます」

慎之介が辞儀をすると、佐野は親しみを込めて背中をたたいた。

「是非よろしゅうにな。わしは、何かと忙しいので、後は頼む」

と小走りに立ち去った。

佐野は、御維新の後も新政府で日本赤十字社を設立するなど精力的に活動することになる。

残った中村が、慎之介を見た。

「御主、これを見てどう思う。何が悪いのか」

中村は、挨拶もなく、電信機の試作のことしか頭にないようだ。

見れば、壺に液体が入っており二枚の金属の板が立ててあり、それぞれから針金が結ばれており、その先は釘に針金を巻いた電磁石のようなものに繋がっていた。

「これは、バッテレイと電磁石を組んだものですな」

電池という言葉がまだないようだったので、慎之介は「舎密開宗」にあった抜的麗《バッテレイ》という言葉を使った。

この時代に電気という言葉は、中国から来て一部の学者で使われており、中村は知っていたが、一般的にはエレキである。エレキといえば平賀源内で有名なエレキテル、つまりは摩擦により発生する静電気のことしか知られてはいなかった。動電気と言うべき継続的に一定の電流を発生することが出来るボルタ電池は十九世紀初頭に発明されていたが、エレキテルのような感電する見世物的な要素もないので知られてはいなかった。将来、これが産業の核になるとはだれも想像だにしなかった。しかし欧米ではボルタ電池を改良したダニエル電池等を電信機の電源として活用し、急速に発展させていた。ちなみに水力、火力発電は、まだ先の話である。

腰かけていた中村が慎之介を見上げた。

「これば、ボルタ式のバッテレイだが、この電磁石が鉄を引きつけんのだ」

「この薬剤と二枚の板は、何を使っていますか」

「薬剤は薄い硫酸だ。板は銅と長崎で手に入れた亜鉛である。蘭書にあった通りにしている」

ボルタ電池ならばこれで合っている。

「硫酸は、ここで精製されたのですか」

中村が頷いた。

「硫黄はいくらでも手に入るからの。硫黄と硝石を燃やして作ったが、今のところ薄いものしか出来ん」

中村の手を見れば、そこらじゅうに火傷の跡が痛々しい。様々な薬剤を作る実験をしたのであろう。その苦労が偲ばれたが、この男はかなり無茶なこともしかねないなと思えた。

「御見事なバッテレイですな」

問題は磁石のほうにありそうだ。見れば細い針金をそのまま釘に巻きつけているように見えた。

「中村様、この針金は外側に絶縁がされていません。これではコイルにならないでしょう。単なる鉄の塊になっています」

慎之介はあきれかえったが、無理もない。世の中に電線というものがないのである。この時代、針金は、金網や笊《ざる》、飾り物などの需要が多く、各地で水車を利用して量産されていた。しかし電磁石のコイルにするエナメル線のような樹脂で被覆したものはない。

「わしは、長崎海軍伝習所で電信機の実物を見たのだが、磁石の部分は銅の針金を巻きつけてあった。とりあえず、鉄の針金でも良いと思ったのだが、それだけではだめなのか」

「鉄の針金でもよいのですが、電気を通さぬ樹脂を塗っておく必要があります」

横から喜平がたずねた。

「じゅしとは何ですたい」

一瞬、合成樹脂が頭をよぎったが、そんな石油製品があるはずもない。

「樹脂というは、つまりは木の油のことです」

「ならば、漆《うるし》でよかかね」

確かに漆ならば電気を通さぬであろう。

「漆が塗れますか」

「焼き付けななならんばってん、なんとかできますすたい」

中村が頷いた。

「よし、喜平、針金に漆を塗ってくれ。二間ほどあればよいか」

慎之介もまさか針金に漆を塗ることになるとは思わなかったが、他に方法も思いつかない。

「喜平さん、お願いします。細い針金の方がよいと思います」

電線は何とかなりそうだが、電池にも問題がありそうだ。

「中村様、この銅の板の方に泡がついておるでしょう。これは水素瓦斯で、この泡で銅板が覆われると、電気が弱くなります。これが、ボルタ式の欠点です。ダニエル式のバッテレイならば、大丈夫です。ダニエル式を作りませんか」

中村は目を見張った。

「お主、よく知っておるの。確かに伝習所で見たものはこのボルタ式ではなく恐らくダニエル式だが、組み方が分からぬのでとりあえずこれにしておるのだ。お主、ダニエル式の組み方が分かるのか」

「はあ、素焼きの壺で間に仕切りのあるものが必要です。まずそれを作りましょう。一つでは電気の力が弱いので十ぐらい必要です」

中村はしげしげと慎之介の顔を見た。

「お主、本当に佐賀から出たことはないのか。どこかで学んだのであろう」

慎之介はもはや異能を演じる覚悟が出来ていた。

「いえ、佐賀から出たことはありません。藩内にある蘭書をすべて眺めておればおのずと分かるものです」

中村はうつろな目で慎之介を見た。

「お主のような男に会ったことはない。田中の親父といい、ここは変人の集まる所のようだな」

一番変人に見える中村にそう言われた慎之介は

「いかにも」

と答えて手元の銅板をゆすって泡の様子を見た。

翔太の住む先の世では、電気で汽車が走る。電池で走る車もある。電信に至っては、何処にいてもだれとでも、連絡ができるのだ。しかしそれはこの硫酸に浸かった二枚板の電池から始まっているのかと思えば、先は気が遠くなるほど長い。ここから百五十年前の暮らしは今とさほど変わらない。しかし百五十年先の暮らしは何と違うことであろう。翔太の住む世のことは手に取るように分かるつもりでいた。しかしあくまで記憶にあるだけである。鉛筆を使ったときにそれが分かった。一度先の世に行ってみたいが、それはかなわぬことである。

久しぶりに翔太から交信があった。電線の絶縁方法に関して調べてくれたようだ。コイルに使うのであれば鉄ではなく、やはり銅線がよく、絶縁は絹巻きで行うのが古くからの方法と言うことが分かった。

精錬方からの帰路、神社に寄ってみた。

――久しぶりに御参りするか。

両家の間で千香との祝言がほぼ決まっていたので、お礼参りかと思い、本殿の前で手を合わせた。人の気配がしたので振り向くと、いつぞやの若い行商人が立っていた。

「ご無沙汰しております。立派になられて。御役に着かれましたかな」

会うのは、一年ぶりであったが向こうもよく覚えていた。しかもさすがに商人である。着物もさほど変わらぬのに役に着いたと分かったようだ。

「なぜそれがお分かりか」

「もはや書生さんには見えません」

しばらく立話をするうち、男が思いのほか様々な物を扱っていることが分かった。

「御役で何か御入用の物があれば、手前で御相談に乗れるやもしれませぬが」

慎之介は、ふと思いつき、銅線のことを聞いてみた。

「細い銅の針金などは手に入るか」

男はしばらく考えて答えた。

「手前は扱っておりませんが、細物銅線でございましたら、大坂なら「平川屋」、京では「津田屋」で水車を使って引いておりますので、手に入るかと思います」

「うむ、さようか。これはよいことを聞いた」

慎之介は懐紙を出して、書きとめた。

「鍋島様の御家中でしたら、いろいろな機械物を組まれておられると噂に聞いております。銅線が入り用とあらば、電信機でも御作りでしょうか」

慎之介は目を剥《む》いた。

「御主、なぜそこまで分かるのだ」

「商売人でございますので、それはもう色々な話に聞き耳を立てております。手前はこれから長崎の方へ参りますので、失礼をいたします」

男は辞儀をして去って行った。

三

　慎之介とお千香の祝言は、立夏の頃（新暦五月）に挙げられた。両家とも、良縁として若い二人を祝福した。ことに二十一の慎之介は若すぎるぐらいであるが、御役をもらい家督を継いだのであるから藩の許可も何の問題もない。祝言は、最初に龍前の親族だけで行われ、その後に慎之介と両親、仲人などが嫁の親族が列席している実家へ行き、再び三三九度と宴を催した。手明鑓の家の婚礼であるから派手なことはできないが、それでも親戚を呼び、蓄えたものをここぞとばかりに使うのが武家のしきたりであり、それが出来なければ後々まで笑われることとなる。

　嫁入りの荷物なども全て揃って、祝いの騒ぎも一段落し、ようやく二人になれたのは五日の後であった。

「婚礼というものは疲れるものですね」

　慎之介は頷いた。

「ほんに、これほどの騒ぎをしなければならぬとは知らなかったの」

「家と家の大事なことですからね。先の世の相手は十七でなくなったので、このような経験をすることはできませんでしたが」

「平成の世は家同士ではなく人同士の結婚となっている。婚礼の形も千差万別のようたい」

「今は徳川の世、女大学の七去はご存知ですか」

「離縁の条件か。よくは覚えておらぬが」

「一には舅姑に従わざる女は去る。二には子なき女は去る。三には淫乱なれば去る。四に悋気《りんき》深ければ去る。五に悪しき病あれば去る。六に多言《くちまめ》にて慎みなく物言う女は去る。七に物を盗む心あるは去る」

「なかなか、女子には厳しいもんたい」

「先の世を知っている女子はなおさら扱いにくくございましょう」

慎之介は苦笑いした。

「そげなことはなかよ」

「されども、今の世は、親が相手を見つけてくれます。先の世は自分で見つけねばなりません。三人に一人は見つけることが出来ないようです。これもまた苦労ですわ」

「先の世も、今の世も変わらぬこともある。ここよ」

慎之介は胸をたたいた。

「好きな女子と一緒になりたか心は同じたい」

慎之介は、脇にいるお千香の眼を見ずぐいと手を握った。

「あら、嬉しいことで……」

お千香は下を向いて笑った。

慎之介が婚礼で留守の間に、中村と喜平は電信機の試作を進めていた。ダニエル電池の容器は素焼きで真中に仕切りのあるものをすでに用意していた。佐賀は焼物が盛んな所なので、素焼きの容器などは訳も無く作ってもらえた。問題は中に入れる溶液だ。

「中村様、このダニエル式バッテレイには、二種類の薬剤が必要です。素焼きの仕切りの両側にそれぞれを入れます」

慎之介は中村の前で借りてきた「舎密開宗」を開いた。

「ここに記載のある硫酸銅と硫酸亜鉛というものを用います。それにボルタ式と同じ、亜鉛と銅の板を電極として使います」

ダニエル電池の組み方は翔太が調べてくれていたが、必要な物質は舎密開宗に和名とともに載っており、作り方まで書かれていた。

中村が本を覗きこんだ。

「うむ、硫酸亜鉛は、薄い硫酸で亜鉛を溶かし、硫酸銅は醇厚《じゅんこう》な硫酸で銅を煮詰めるとあるな」

「そのようですが、難しいですか」

中村が腕を組んでうなった。

「両方難しいな。まず亜鉛が簡単には手に入らん。それに濃い硫酸も作るのが難しい」

「国内で亜鉛は採れんのでしょうか」

「いや、硫黄の混じった亜鉛はとれるが、そこから亜鉛だけを精錬することが出来んのじゃ」

慎之介が、舎密開宗の「亜鉛」の項をみると、東印度、支那の物は上品、欧州の物は下品とあった。

「硫黄の混じった硫化亜鉛で大丈夫です。それをここにある薄い硫酸に溶かせば硫酸亜鉛は出来ると思います。電極に使う亜鉛だけは長崎で上品を手に入れましょう」

「そうなのか。ならば、すぐに手配しよう。あとは銅を溶かす濃い硫酸か」

「それも長崎で……」

慎之介が言いかけると中村が首を振った。

「いや、今後も硫酸は入用になるであろうからここで作ろうではないか。出来るはずだ」

「どのように作るのですか」

「うむ、硫黄と硝石を燃やし、出た瓦斯《ガス》に水を沸騰させた蒸気を掛け合わせ、それを冷やすと薄い硫酸が出来る。さらにこの薄い硫酸を沸騰させ、瓦斯と掛け合わせる。これを繰り返すと濃い硫酸になるはずだ」

慎之介は、中村の言う「掛け合わせ」が化学反応のことだとすぐ分かった。中村は化学反応により、元と別な物質が出来ることを身をもって経験していることがうかがえた。中村は、この硫酸のための窯と蒸留装置の絵図を描きだした。こうなると、この男は熱中しだして物も言わなくなる。

――やれやれ、電信機を作るために硫酸作りから始めるのか。

慎之介は、先の長さに気が遠くなる思いだが、この時代は何もないのであるから、仕方がなかった。

喜平の漆を塗った細い針金も出来あがっていて、これをとりあえず釘に丁寧に巻いて電磁石を作ってくれていた。電池が出来れば動作を確認できる。

一月ほどで出来あがった硫酸用の陶器製の窯と蒸留装置は、立派なものだった。内側は硫黄を燃やす炉と湯を沸かす炉に分かれており、硫黄瓦斯と蒸気が天井で反応し、それが天井から下向きに伸びた細い管を伝わる間に冷えて蒸留され、液化した硫酸が管口から垂れ落ちる。しかし、全部が反応し、液化するはずもないのでそのまま管から逃げる瓦斯もある。

「中村様、硫黄の瓦斯は身体に毒です。吸ってはいけませんぞ」

二人は、手拭で鼻と口を覆って、炭を焚いて作業を続けた。ある意味命がけの作業である。薄い硫酸を大量に作っておかないと濃い硫酸は出来ない。

職人らと交代で何日も作業を繰り返し、ようやく一升ほどの濃い硫酸を得た。

「中村様、ようよう出来たではないですか」

中村が珍しく笑みを見せて布切れを用意し、出来あがった硫酸を少し掛けた。煙が上がって布には穴が開いた。

「うむ、まだ水は混じっているがかなり濃いだろう。まずはこれだけあれば良いであろう」

最初は硫酸など長崎で入手すれば良いと考えていた慎之介だが、中村の一連の働きを見て心が動かされた。無いものは作る。これでこそ技術者である。同時に中村に対し尊敬の念を抱き始めていた。自分は少々の知識があるだけであり、このようなことはとてもできないことが十分に思い知らされた。

「龍前、しからばこれで硫酸銅を作るか」

「やりましょう」

中村がどこからか大きな土鍋を持ってきた。

「鉄鍋は溶けてしまうからな。土鍋でなければ」

二人は土鍋に硫酸と銅を入れて七輪で煮詰めた。次第に銅が溶けて水素の泡が立ちあがってきた。

「これは、さしずめ硫酸鍋じゃな」

慎之介は苦笑した。

「いかにも。具は銅だけですな。箸を入れると燃えますぞ」

慎之介は、まさか硫酸で鍋をするとは思わなかったが、中村の持つ子供のような好奇心に次第に巻き込まれていく思いだった。

銅は小さくなってきたが、ある程度のところで反応が収まった。液は碧色となった。

「よし、この汁は、もはや硫酸ではない。硫酸銅と水だけになっている。これをそのままバッテレイの容器の片方に入れればよいな」

「いかにも」

化学反応式というものはまだないが、中村の頭には独自の反応式が書けているようである。

次に薄い硫酸に硫黄混じりの亜鉛を入れて溶かせたものも作った。亜鉛はすぐに酸に溶けるので煮詰める必要はない。こちらが硫酸亜鉛の水溶液だ。

いよいよ、電池が出来る。二つの溶液を素焼きで仕切りのある壺にそれぞれ慎重に投入した。それぞれに亜鉛と銅の板を電極として立てて、針金を縛って、喜平が作った電磁石につないだ。

「銅のほうが、積極（プラス）、亜鉛の方が消極（マイナス）ということになります」

電磁石の頭に鉄片を近づけてみれば、見事に磁石は鉄をひきつけた。電池が一つなので力は弱いが、確かに磁石になっている。

「中村様、御見事。ダニエル式バッテレイと電磁石ができましたな」

中村は電磁石には気を止めず、その場でしゃがんで電池の壺をじっと見ていた。

「不思議なものじゃな」

「何がでございます」

「この素焼きの仕切りは、水を通さぬはずである。しかし何かが通じておるのだ。それゆえバッテレイが組めるのである」

慎之介は、亜鉛の板が、イオン化して素焼きの穴を通り、反対側で硫酸イオンに結合して再び硫酸亜鉛となることは知っていた。しかし平成なら中学生でも知っているイオンという物質の形態はまだ見出されていないようだ。説明がつかない。

「電気を出し続ければ、亜鉛の板は減っていきます。逆に銅板は増えていきます。溶けた亜鉛が素焼きの仕切りを通り、こちら側で銅を失った硫酸銅と結び付き、硫酸亜鉛となります。最後は両方の液が硫酸亜鉛となり、電気が止まるものと思われます」

中村は、慎之介を見上げた。

「お主には見えるのか、この中が」

「いえ、そういうわけではありませんが……」

「亜鉛の粒は水の粒より小さいので素焼きの仕切りを通ることが出来るのだな」

「そういうことと思われます」

中村は立ち上がり、電磁石の方に眼をやった。

「しからば、電気とは何だ。元素なのか。舎密開宗には何も書かれていないが」

慎之介は、慎重に返答した。

「全ての元素には電気が含まれているものと思われます、此度は亜鉛の板から電気を取っています。それが電磁石を通して銅板の方に流れます。銅の周りに余った電気は液中の硫酸銅の銅を吸いつけて金物としての銅になり、増えていくと考えます」

「それで銅を取られた硫酸銅は素焼きの仕切りを通った亜鉛と繋がり硫酸亜鉛となるというのか」

「いかにも」

「御主の言うこと、わしの読んだ蘭書には載っておらん。されど理にかなっておるように思えるが、自分で考えたことか」

慎之介は答えに詰まった。

「様々な本を読むうち、そうではないかと考えます」

中村は笑い出した。

「当て推量にしては筋が通っておる。やはりお主は佐賀一の変人じゃな」

四

年が明け、安政四年（一八五七）となり、電信機はほぼ完成した。電気回路を開閉するための電鍵、それを受けて電磁石の動作により、巻紙に長短、二種類の信号（モールス信号）を刻印する装置等、中村は、何においても意匠を凝らして見た目に立派で、頑丈な物でなければ気が済まない。田中久重の助言も多く入れ、図面を何度も書き直し、職人に作らせた。電磁石も鉄の針金では電気が流れにくいため、慎之介が行商人より聞いた大坂の銅線専門の商人より細物銅線を取り寄せ、それを絹巻きで絶縁し、作り直した。実物を見た藩主閑叟は大層喜び、親交があり且つ従兄でもある薩摩藩主島津斉彬にこれを献上することとした。

日本人の手で電信機が作られたのは、ここより八年前、信濃国松代藩士の佐久間象山であるという説もあるが詳細は不明であり、あくまで実験をしたとみなすならば、佐賀藩によるこの電信機は完成品として我が国最初の品であったと言える。

薩摩へ献上する電信機の最終の確認試験で忙しくしているところに蘭学寮から使いの者が来

た。渡された文は山村からであった。話があるので以前に喜平と三人で入った煮売屋にて待っているとのことであった。

——先生から呼び出しとは何事か。

驚いた慎之介は夕刻、店へ急いだ。すでに来ていた山村は、奥の小上がりで慎之介を手招きした。

「忙しいところをすまんが、お主に伝えねばならんことがあってな。しかも人目についてはならん」

山村の顔色が悪い。良い話ではなさそうだ。

「実はな……」

山村は声をひそめた。

「藩の御目付に尋問ば受けた。お主のことでな」

慎之介は思いもよらぬ話に目を見張った。

「御目付とは……、どぎゃんことですか」

「実は、お主にあらぬ疑いがかけられているようでな」

「う、疑いとは」

慎之介は身を乗り出した。

「いろいろ聞かれたぞ。龍前慎之介はどこで精錬方から請われるほどの洋学を身につけたのかと。あるいは他藩との関わりはないかなどとな」

「そげなこと……」

「もちろん、おいは答えた。佐賀から一度も出たことはない。全て自分で蘭書から学んだとな。お主、他藩の者と口をきいたことはあるか」

佐賀藩は二重鎖国であり、藩命での留学生を除き、他藩の者との交流は一切禁じられていた。

「もちろん、他藩の者とは一度も会ったこともございませぬ」

「そうであろうな。おいもそう答えた」

「いったいなぜそげなことに」

「実は、これは御目付から聞いたことではなかが、蘭学寮の噂ではな、先日長崎の海軍伝習所から帰ってきた三人組を覚えておるであろう」

慎之介は頷いた。

「おいに、鉛筆《ペンシル》をくれた三人ですな」

「そうたい、あの三人組が御目付の関係者に注進したのではないかとな」

「な、なんと、そのような人らには見えませなんだが」

「そうじゃな。しかし人とは分からぬもんたい。お主の数学の力量に一度は驚嘆したものの、その後若いお主が精錬方より請われたことで妬んだのかもしれぬ。それで、精錬方や火術方の内密な事柄を他藩の密偵に流しているのではないかと……」

「そげなこと、あるはずもなか」

「尋問を受けたのは、おいだけではない。蘭学寮の何人かも受けておるが、皆がお主のことを良く言うとは限らんばい。そのことはよく覚えておけ。お主は蘭学寮で特別な書生であったからな」

「先生、おいはどぎゃんすればよかでしょう」

「とにかく、今はその証《あかし》になるものは何にも無か。御目付が何も見つけられなければお主への嫌疑は無かったことになるたい。今まで通りにしておればよか。ただし御目付がお主を見張っておるかも知れぬ。行動には気をつけよ」

重苦しい気分の日が続いた。ただ嫌疑がかかっているだけであるからお千香には何も言わなかった。言ったところで心配をかけるだけで良いことは何もない。山村の言った「皆がお主のことを良く言うとは限らん」という言葉が気にかかった。蘭学寮内でも山村から特別な扱いを受けていた自分を妬む者もいたであろう。大銃製造方の馬場なども尋問を受けているやもしれぬ。龍前は何処で洋学を学んだのだという問いには誰も答えられない。「妙な男で」と答えれば目付にとって怪しげな印象だけが残るであろう。

春となり、献上品の電信機も準備が整った。薩摩へは、精錬方を代表して中村奇輔が同行することが決まったころ、精錬方に見慣れぬ男が訪ねてきた。

「こちらに龍前慎之介殿はおられるか」

慎之介は驚いて男の顔を見た。

「拙者が龍前でございます」

「目付の者だがそなたに聞きたいことがある。今から城に来れるか」

――ついに来たか。

慎之介は、どうせなら自分で潔白を釈明したいと考えていたので特に動じなかった。

「参ります」

慎之介は城内の評定所に通された。大目付配下とみられる白髪交じりの侍が一段高い所に座っていた。

「龍前慎之介であるな」

「はは」

慎之介は平伏した。

男は手元の書面を開いた。

「その方について調べさせてもらったが、間違いがあれば述べよ。その方、手明鑓、龍前与一の嫡男として六歳より蒙養舎に学び、算術の才ありて算練組に入り、其処において山村教諭の元、習わぬ西洋の数学、理学を蘭書より自ら会得し、弘道館を経て蘭学寮に村山教諭付きの書生となるがその間、馬場栄作を通じて大銃製造方にも出入りし、反射炉での大砲鋳造にその類稀なる見識で助言を行った。また精錬方職人喜平を通じて蒸気車雛型の欠点を指摘し改良を行い、その力を認められ中村奇輔より電信機の製作の助手として請われた。御役は大銃製造方掛り合。間違いないか」

「間違いはございませぬ」

男はあわただしく文書をたたんで、慎之介を見た。

「その方に聞きたい。その方は蘭語が出来ぬと聞く。何処で中村奇輔より請われるほどの洋学を身に付けた」

慎之介は平伏したまま答えた。

「数学に使われる蘭語は、おおよそ理解いたします。また理学は舎密開宗などの和書にて多くを学びました」

「それだけか。蘭学寮の書生らは口をそろえてその方の洋学の力は書物だけではとうてい得られるものではなく、全くの奇なりと申しておる」

「読めぬ蘭語の書も眺めておれば分かることがあり、その積み重ねでございます」

目付の男は、口元を緩めた。

「まあ良い。その方が藩から出たことはないのは分かっておる。この件は、元々はその方が、他藩の密偵と内通しているのではないかと注進する者がいてな。それで調べておったが、証もなく、その方の才に対する妬みからではないかと我々は考えておったのじゃ」

「はあ」

「しかしここにきて、別の証言が持ち上がった。長州の密偵が行商人の恰好で藩内を探っておるという噂は数年前からある。人相も分かっておるが捕まえぬうちに消えた。その男らしき行商人とその方が、精錬方からの帰路にある神社で親しげに話しておるのを見たという証言があったのだ。見たのは昨年のことである。その方が御役に着き、精錬方で電信機に関わり出したころである。これはまことか」

慎之介はあまりのことに顔面蒼白となった。

「た、確かに若い行商人とは何度か神社で会いました。これはたまたまでございます。その者は長州の間者等ではなく、ただの行商人でございます。私は腹痛の薬を一度求めただけにございますが、昨年会った時には電信機に使う銅線のようなものが何処で手に入るか聞いただけでございます」

目付の男は、慎之介を睨んだ。

「では、その行商人の名は何と申す。屋号でもよい」

「名は、知りませぬ」

「では、名以外に知ることはないか」

「昨年最後に会った時には、これから長崎へ行くと言っておりました」

「あい分かった。追って沙汰がある。それまで精錬方に出向くことはならん。家に居るように。本日はこれまでとする」

五

予想もしなかった展開に絶望的な気分で帰宅した慎之介は、父母と千香に嫌疑の一件を伝えた。

「数日の後に沙汰があるであろうが、おいは、潔白であるけん、何の心配もなか」

そう言ってはみたものの、心中穏やかではないのは千香には伝わった。二人になってから千香が言った。

「大丈夫でございます。貴方はこの世の時間の流れからみれば、かなりな無茶をされているのです。それなりの揺り戻しがきて当たり前です。ご自身の境遇を悪用するようなことさえしなければ、必ず収まる所に収まると私は信じます」

慎之介はお千代の顔を見た。

「なるほど、そう言われれば、合点がいくな」

「気楽にしておられませ」

「考えてみれば、おい達は、先の世のことは知っておるが、自分自身の先のことは全くわからんたい。おいは歴史に名が残っていないようだからの」

「だから面白いのでございましょう」

数日後、藩からの通達があり、「暫時蟄居せよ」とのことであった。暫時というのがどれぐらいのことなのかそれが気になった。次の日に山村と坂田平助が揃って家にやってきた。

平助が顔を紅潮させて言った。

「慎之介の此度のこと、全く腑に落ちん。お前にどげな罪があるというのだ。ただの行商人と口をきいただけではなかか」

山村が腕を組んで太息をついた。

「おいも、此度のことは知り合いの役人を通じて色々探ってみたばってん、御目付も慎之介のような政治向きなことと関わりのない書生上がりが、長州の密偵と内通するなどあり得ないと思っておるのだ。それが本音たい。お主が、ただの平役人であれば何の問題も無かった。されどな、お主はあまりにも異能であり、あまりにも知りすぎてしまったのだ。火術方や精錬方の内情を細かいところまでな。もし、他藩の密偵がおるとしたならば、お主ほど藩の技術の仔細を得るにうってつけの男はおらぬではないか。御目付はそれを気にしたばい。少なくともお主を精錬方や火術方に出入りせんようにさえすれば、藩の機密がすっかり漏れることはあるまいと考えたのじゃ」

慎之介は初めて御目付の考えが分かった気がした。

「そげなことですか。ばってん、暫時蟄居というのはいつまでのことですか」

山村が頷いた。

「御主の嫌疑が晴れれば、蟄居は取りやめで元のお役に戻れるであろうが、これは難しいな」

平助が声を上げた。

「慎之介、その行商人とやらに何か手掛かりはなかかのう。その男さえ捕まえれば嫌疑は晴れるはずたい」

「名だけでも聞いておけばよかったばってん……、しかしあの男、ほんに長州の密偵であったやもしれぬ。電信機のことまで良く知っておったからの。しかしもはや一年も前のこと。今となっては、如何ともしようがあるまい」

山村が、首を振った。

「その行商人はあきらめた方がよか。ほとぼりが冷めるのを待つしか無かろう。そのうちお役がお主を呼ぶ。本島様と中村様はな、お主を蟄居させるのは、藩にとって損失であると訴えたらしいぞ」

「本島様と、中村様が、おいのためにそのようなことを……」

慎之介は手をついて下を向いた。

「そうたい。お主を頼られておるのだ」

「その話を聞いただけで、おいは満足ですたい。蟄居でもなんでもいたします。覚悟、決まり申した。たとえ永年蟄居であろうと」

「永年などにはなりませぬ」

その時、お茶を運んできたお千香が声を上げた。

「徳川の世もそう続くものではないでしょう。そうなれば藩もなくなり新しい世となるでしょう」

平助が驚いてお千香を見た。

「お千香、何を言う。めったなことを申すではなか」

「これは、失礼をいたしました。山村先生の前で」

三人は呆れた顔で立ち去るお千香の後姿を見た。


「父上、お話がございます」

夕餉の前に、慎之介が父の与一に声をかけた。

「うむ、これからのことじゃな」

母とお千香も入れ、家族四人が向かい合った。

「おいは、不本意ながら暫時蟄居の沙汰となったばってん、暫時と言っても、いつまでになるやらわからんばい。その間、蟄居故、こん家から一歩も出ることは出来んことになり申した」

「蟄居の間の仕事か、一日中、本を読んでおるわけにもいくまい。かといってお前に手仕事などやらせられぬ。手仕事と畑はおいだけで十分たい」

横からお千香が言った。

「思うのですが、ここで塾をやればいかがでしょう。武家の子らは皆藩校へ行けますが、足軽や百姓の子らは行けませぬ。女子であれば私が教えることもできまする」

与一が頷いた。

「それはよか。蟄居などと陰気なことだが、子供がいれば賑やかになり、気も晴れるばい」

慎之介もその気になったが、一月経っても集まったのは与一の知り合いの足軽の子が二人だけであった。理由は明らかで、村の者らは皆、慎之介が役に着いたのち、蟄居の身になったことを知っている。当然、家中で何かをしでかした罪人と見られる。いくら与一が嫌疑が晴れるまでの蟄居だと言い触れまわっても村の者はそうは見なかった。寺子屋のようなところは他にもあるのでわざわざ罪人の塾に子供を通わす必要はない。

「父上、この村でなかなか難しか。おいはどこか別の場所で蟄居した方がよかかの」

「何を言う。お前は、何も悪いことばしておらん。堂々と此処におればよか」

父の言葉に今暫くは此処に居るかと決め、朝に子供らの相手をするだけで、他にすることもなく無為に日々を過ごしたが、蝉が鳴き出すころ、二人の子供が慎之介を訪ねてきた。

「龍前先生のお宅でしょうか」

みれば元服前、前髪を垂らした、十二、三歳の男子である。

「おい達は、蒙養舎に通っております。ここへ来れば先生に数学を教えてもらえると聞きました」

千香が中へ通すと、子供らはしっかりとしゃべりだした。

「おい達は、算術が好きで、西洋の数学ば習いたかと思うておりましたが、藩校では教えてもらえません。そんうち、噂で家中で随一の数学の先生がこの村で塾をされていると聞き、居てもたってもいられずこちらへ参じたしだいです」

慎之介とお千香は顔を見合わせた。

「まるで、子供の時分のお前様と兄様のようではないですか」

慎之介が子供らに向いた。

「よう来た。家は遠いのか」

聞けばそれぞれよその村の子らで、家は手明鑓であった。

「よか、教えてやるけん、いつでん来れるときに此処に来ればよかよ」

二人の子供らは、藩校の帰りや休みの日には嬉々としてやってきた。和算の基礎が十分に出来ているので数学の飲みこみは速い。

そのうち、噂を聞きつけて蒙養舎や、弘道館本校からも教えを請う書生らが訪れるようになった。慎之介の寺子屋は、さながら数学塾の体となっていった。この者らは、慎之介が蟄居の身であることなど何も気にしていない。学べる場所がここしかないのであればここへ来るだけである。しかも蘭語を知らずとも数学が学べるのである。

「おいは、蘭学寮で学んで、軍艦が作りたか」

「おいは、新しい大砲を作りたか」

生徒らは、口々に夢を語った。

慎之介は子供らに言った。

「お前らは、佐賀に生まれてよかったの。こん国でそれが出来るのは佐賀だけたい」

慎之介は、子供らと交わるうち、次第に自分は表舞台に立てずともこの子らが、佐賀藩、そしてそのあとの新しい政府で活躍してくれればそれでよいかと考えるようになった。

六

年が明け、安政五年（一八五八）となった。この年、幕府では井伊直弼が大老に就任する。佐賀ではいよいよ三重津に「御船手稽古所」（いわゆる三重津海軍所）を開設し、西洋式海軍力と造船技術を高めていく。

慎之介の蟄居は続いていたが、千香との間に男子をもうけた。翔太から字をもらい、翔一郎とした。

「お千香、この子が翔太の先祖になるのかの」

平成の翔太もそのような昔のことまでは不明で無理に調べようともしなかった。遠い親戚になるのやもしれぬし、血縁はないのかも知れぬ。翔太はまだ独り者で働いているが、慎之介の一子誕生を大層喜んでくれたのがよくわかった。お千香の兄平助は弘道館を成績優秀で修了し、藩で役に就いていた。

ある日見慣れぬ学者風の男が慎之介を訪ねてきた。

「私は、好生館の指南役、金武良哲《かねたけりょうてつ》と申します。こちらは龍前慎之介殿のお住まいでしょうか」

蘭学寮と並ぶ医学寮がこの年から名前を好生館と変えていた。

名を聞いた慎之介は驚いた。

「金武先生であられますか」

金武の名は、慎之介も知っていた。大変な秀才で、若いころ江戸に遊学し、佐野常民らも学んだ伊東玄朴の象先堂で学んだ。帰藩後は、蘭方医として開業していた。歳は四十後半と見えた。

「好生館の指南役となられたとは存じませんでした。このような村方まで如何なる御用で」

金武は頷いた。

「実は私は、好生館では主に数学を教えておりまするが、蘭学寮などで数学の話が出るといつも決まって龍前殿の名が出ます。佐賀から一度も出たこともないのに数学にかけては天賦の才、佐賀一の腕前ではないかと。一度お会いしたいと思っておりましたが、今は蟄居の御身分でこちらで塾をされていると聞き及び、ぶしつけながら足を運ばせていただきました」

慎之介は、若い自分に対して丁寧な物言いに恐縮した。

「私など未熟者にございます。高名な先生がわざわざこのような遠方まで来ていただき誠に恐縮にござります。狭いところですがお上がりくださいませ」

金武はおもむろに風呂敷包みを開けた。

「これは私の数学の帳面でございますが」

ちらりと中を見た慎之介は我が目を疑った。

小さな字でびっしりと、数式が左から右に並んでいて、ところどころ朱を入れてあった。問題があり、その回答が書かれているが、三角関数に、微積分、明らかに高等数学である。慎之介は食い入るように中身を見た。

「こ、これは先生が書かれたのですか」

「ずいぶん前に書いたものですが、未《いま》だに所々解せないところがございまして、一度龍前殿に見ていただこうと思っておりました」

実際ここまで数学が出来るものが佐賀にいようとは思わなかった。しかも金武の本業は医学であり、その他語学も堪能と聞いている。

「まずはこちらでございますが」

慎之介は問題を読み、金武の疑問点がすぐに分かったので、次々に丁寧に説明した。

「な、なるほど」

金武はそのたびに大きく頷き、さらに鋭い質問をした。慎之介は答えに詰まるところもあった。夢中で問答をするうち、時間は一刻（二時間）も過ぎていた。

「龍前殿、いや、龍前先生と呼ばせていただきたい。今日は、こちらに来させていただくか迷いましたが来させていただき、本当に良かった。ほとんどの疑問が解決いたしました。それにしても先生の数学の技量には感服いたしました。独学でこのような難解な所まで修められたとは信じられぬ思いでありますが、それが天賦の才というものでしょう」

どうやって学んだかを聞かれなかったので、慎之介はほっとしながら答えた。

「実は、私も今まで金武先生ほど高等な数学を修められている方に会ったことがなく驚いております。失礼ながら、西洋医学を修めるにここまでの数学が入用なのでしょうか」

金武は頷いた。

「おっしゃる通り、医学には数学はあまり必要ありませんが、西洋では数学はあらゆる理学の基礎でありますから、おろそかにすることは出来ませぬ。物事の考え方の基本がここにあると思っております」

論理的思考のことを言っているのかと分かった。慎之介は金武の洋学を志す者の姿勢に感銘を受けた。

「なるほど。立派なお考えで」

金武は、書物を片づけながら思い出したように言った。

「またもう一つ驚きましたことは、我々数学をやるものは元々和算の素養があるものです。したがって流派もいろいろあり、その癖が出てしまうものです。しかしながら龍前先生には、その和算の癖が全くないようですな。初歩より西洋の国で学ばれたのではないかと思えるぐらいで、これには驚きました」

慎之介は、少しの時間で此処まで見抜かれるとは、恐れ入って汗が出た。

「確かにおいは、和算はあまりやっておりませんので……」

金武はその後、数か月に一度は慎之介の家を訪れるようになり、数学だけでなく様々な話をした。金武から学ぶことも多く、弘道館や精錬方の動向も知りえた。慎之介は金武と会っている限り、自分の学力や知識が錆つくことはないと思え、金武と会うことが楽しみになっていた。

慎之介は、金武と会うようになってつくづく考えた。金武は日本中に名が轟くほどの学者ではなく、佐賀の医学校の指南役にすぎない。それがこの驚くばかりの学識である。数学、理学だけでなく、蘭語のほかにラテン語、ロシア語、英語に深い造詣を持っていた。このような名は無いが極めて優秀な洋学者が日本に相当数いるとしたならば、明治の世であれだけ早く新興国となれたのも頷ける気がした。それだけではない。喜平のような腕のある職人は星の数ほどいる。それだけの人材を生んだ徳川の世も捨てたものではないと思えた。

慎之介は金武を見習い、自分も少しは語学をするかと思い、英語の辞書作りを始めた。自分の記憶だけを頼りに紙一枚に一単語を書き、意味を日本語で書いた。並べ直せば英和辞書が出来ていく。これにはお千香が興味を示した。

「私の相手は、外国語大学を目指しておりましたので、英単語はかなり覚えておりますわ」

「それは頼もしか。ゆっくりやればよか。時間はある。そのうち辞書が出来るであろう」

これは、夫婦での作業となった。お千香にとってはこの作業は、「先の世の思い出」や自分たちのこれからのことを語る楽しい時間となった。

「おいはな、お千香、蟄居が解けて出仕できるようになったなら、少しは自分の力で何かしてみたか。翔太の知識を借りるのは自分の役目と心得てはいるばってん、それだけではつまらん気がしてな」

「どんなことをしたいのですか」

「本島様は砲術の専門家たい。おいも砲術を習って戦となれば、砲術で藩の役に立ちたたか。これは先の世の知識ではできんことばい」
「まあ、戦に行かれるおつもりですか」
「それも含めてじっくり考えてみるたい」

しかし蟄居の身が解かれることはなく、さらに四年の歳月が経ち文久二年（一八六二）となった。この間、江戸では安政の大獄で過酷な弾圧を行った井伊直弼が桜田門外で暗殺され、京を中心とした尊王攘夷運動が過熱し始めていた。対して幕府は十四代将軍家茂の御台所に孝明天皇の妹和宮を迎えるなど、公武合体政策を進めようとしていた。しかし佐賀藩はそれら動きに関することなく、立場としては佐幕を貫き、着々と軍事力、工業力を蓄えていた。砲製だけでなく、三重津の造船所では、オランダから購入した蒸気船「電流丸」、幕府から預かった「観光丸」を用いた海軍としての訓練および造船技術を培い、さらには藩内で建造する蒸気船のための蒸気機関もほぼ完成していた。

前の年に閑叟は隠居し、嫡子の鍋島直大が十一代藩主となるが、海軍等については閑叟の指導が継続しており、藩の実権は閑叟が握っていることに違いはなかった。また蘭学寮と弘道館が合併し、二十三歳の大隈八太郎は教授となっていた。この年、藩で初めての脱藩を試みた江藤新平も二カ月で帰藩し、蟄居の身となったが、閑叟は江藤から京の情勢を熱心に聴きだしていた。

立春となった頃、山村が久しぶりで慎之介の家宅を訪れた。あわてた様子である。

「慎之介、えらいことになったばい」

「先生、いかがされました」

「精錬方で、実験中に薬が爆発してな、中村様が大怪我された。助かるかどうかわからん」

慎之介は青ざめた。

「なんということ……」

第五章　アームストロング砲

一

城内の一室で鍋島閑叟が、側近の本島藤太夫と会していた。

「此度の精錬方での火難の件は如何なる具合じゃ。中村奇輔が怪我を負ったと聞いたが」

「藩医が処置をしておりますが、命は取り留めましたものの顔と手が焼けただれておると聞いております。目が見えるようになるのはもはや無理かと」

本島は閑叟より三つ年上で五十歳、この十年来、閑叟の意向を汲み、火術方および大銃製造方を牽引してきた男であり、長崎の台場を設計したのも本島である。閑叟の信頼はすこぶる厚い。閑叟が隠居した時点で大殿様御側御目付役となっている。

「うむ、気の毒なことになったの。惜しいことじゃ」

藩外より来佐し、精錬方で藩士として取り立てた田中親子、中村、石黒に関しては閑叟も気にかけていた。

その場にもう一人の側近である精錬方主任の佐野常民が現れた。

「大殿、遅くなりました。中村奇輔の様子を見て参りました」

「どうじゃった」

「全身の火傷は如何ともしがたく、指は飛び、目もつぶれておりまする。今も熱にうなされてお

ります が、只今図面をほぼ描き終えておりまする新しい電信機、『ヱーセルテレカラフ』のことが気になっているようで、如何にしてもそれを作り上げねばならぬなどとうわ言のように叫んでおります」

「そのヱーセルとはどういう電信機じゃ」

「以前に作ったものはモールス式で、長短二つの信号の組み合わせで文字を伝えるものですが、ヱーセルでは信号の数で文字を伝え、受信機の文字盤でその字を指すような仕掛けです」

「なるほどのう。しかし今の様子では、役に戻るのは無理であろうな。他の者では作れぬのか」

「それが……」

佐野は、本島の方をちらと見た。

「実は、中村が申すには龍前に作らせよ。龍前なら作れると……」

閑叟は、訝《いぶか》しげに佐野を見た。

「龍前とは何者じゃ」

横から本島が答えた。

「龍前慎之介のことかと。家格は手明鑓、蘭学寮に居ったところを拙者が大銃製造方で役に就けた者でして、色々ありまして、五年前から蟄居の身となっております」

本島は、慎之介を役に取り上げた経緯および蟄居の理由を閑叟に丁寧に伝えた。

閑叟の顔色がみるみる変わった。

「何じゃと。その男は佐賀から出たこともなく、蘭語が出来んのに蘭書の中身が分かるというのか。今の話じゃと、鉄製大砲を鋳立てられたのもその者の助言があってのことではないか。ことに前精練の件は藩の秘伝としたではないか。それを言い出したのがその者なのか。蒸気車の雛型、それに薩摩に献上した電信機もその者が陰で関わっておったのか」

本島は、汗をぬぐった。本島はその時初めて気づいた。十年も前のことである。苦労して鉄製大砲を鋳立てた。その功績は、自分と杉谷を中心とした御鋳立方七人衆のものである。部外者である当時十七歳の龍前の助言などは無かったことにしたかったのである。それゆえ閑叟には何も言わなかったのだ。蟄居が決まった時には目付に一度は訴えたが、そのあと座視していたのは事実である。

「そ、そういうことになります。今、考えてみるに、あのものの見識は卓越したものでありました」

同時に佐野も気がついた。中村から聞いていた。龍前は変人であるが佐賀藩では一番役に立つ男だと。しかし精錬方の業績はあくまで自分が京から連れてきた中村らのものであり、龍前のことは蟄居したこともあり、意図的に過小に評価していたと。思わず声を上げた。

「思いますに、あの者は精錬方におります藩の秀才らとは全く違う異能の者の如くであり、中村が言いますところによれば、電信機のバッテレイもあの者がいなければ出来なかったと。また、あの者はエレキが目に見えるのではないかとも……」

本島も思い出したように言った。

「さらには、好生館の指南役の金武良哲から聞き及びますところによれば数学では藩内に龍前に敵うものはおらぬと」

閑叟は、驚くと同時に二人を睨みつけた。

「何ということじゃ。そのような有能なる者を、何故《なにゆえ》はっきりとはせぬ罪状にて五年も蟄居の身にしておったのだ。わしから目付らに申す。蟄居を解き、すぐに御役にもどせ。今、藩には人がいるのだ。分かっておるであろう」

「は、はあ」

二人の側近は平伏した。


数日後にはこの閑叟の直裁により、慎之介の蟄居は解かれることになった。

慎之介は藩の役人が届けてきた知らせの書状を開き、何度も読み直した。

「お千香、遂にこの日が来た。長かったような短かったような」

お千香も目を輝かせた。

「蟄居になったころ、山村先生が、きっと役が人を呼ぶとおっしゃっていましたがその通りになりましたね。お前様は藩に必要な人なのですよ。徳川の世が終わるまでと覚悟しておりましたが、早くなってこれほど嬉しいことはありません」

父母も大層喜び、四人で仏壇に手を合わせた。

城へ呼ばれた慎之介を、早朝より山村と平助、そして金武が迎えに訪れた。

「慎之介、長かったがついに出仕の日が来たの。お主はまだ若い。これからやることはいくらでもあるたい」

山村が顔を紅潮させて慎之介の肩をたたいた。

金武が言った。

「龍前先生、此度はおめでとうござりまする。精錬方の中村様は、瀕死の重傷を負いながら新しい電信機は龍前にしか出来んと言われたそうで、それが大殿の耳に入ったそうですな」

慎之介は頷いた。

「火難に遭われたこと、お気の毒なことでしたが、此度は中村様のお陰だと考えております」

平助も終始笑顔である。

「蟄居の取り下げは、大殿の直々の裁であるからな。目付も蟄居を解く理由がなく、ずるずると五年が経っていたので此度のことはちょうどよい理由づけになったのではなかか。とにかく、お前は大殿にも名を知られたな。大したものじゃ、慎之介」

「うん、未だに信じられぬような話たい」

慎之介はふらつく足取りで門《かど》に出た。

「長い蟄居で足腰が弱っておるけん、まずは身体から鍛え直さねばならんばい」

慎之介は、三人に連れられて五年ぶりの出仕となった。お千香とともに五つになった翔一郎が見送った。

「父上、行ってらっしゃいませ」

三人に連れられて、城まで歩んだこの景色も、慎之介は生涯忘れることはできなかった。林はまだ冬枯れで、風は冷たいままであるが、日差しは少しの温かさがあり、はっきりと春を告げている。道端の草も日当たり良い所では芽を出しており、見上げれば白い梅の花もちらほらと見えた。

城では、目付の目通りがあり、そのあと上役である本島へ挨拶に向かった。

「本島様、お久しゅうございます」

「龍前、皆待っておったぞ。このように出仕がかない、何よりじゃ。息災にみえるな」

「はっ、蟄居中は蒙養舎の子供らが数学を習いに来てくれておりましたゆえ、賑やかでございました。好生館の金武先生には、時々訪ねていただき、大変お世話になりました」

「うむ。しかし五年もの間、蟄居を解いてやれなかったこと、わしはお主に詫びねばならぬな。お主には罪はなかったのだ。許せ」

「もったいないお言葉、痛み入ります」

「これから新しい電信機の件でまた精錬方へ詰めてもらうが、よいか」

「はっ、電信機のことは聞いております。それとは別にひとつお願いがございます」

「なんじゃ。何でも言うてみよ」

「拙者も御役は火術方の端くれでありますが、砲や火薬の知識がありませぬ。ぜひ砲術を学び、いざという時には砲兵として藩のために役立ちたいと考えます」

「なるほど、お主のようなものを砲兵にするのは惜しいが、身をもって関われば学ぶことも多かろう。火薬のことであれば精錬方にも長じたものがおる故、そこで学べばよい。砲術調練などは、大久保台場で行っておる故、お主も加われるように取り計らっておく」


本島への挨拶の後は、いよいよ精錬方へと足を向けた。佐野と職人の喜平らが待ち構えていた。

佐野が慎之介に笑顔を見せた。懐かしい場所であるが、此処に中村がいないのが寂しかった。

「龍前、よう戻ったのう。中村奇輔は気の毒なことになったが、この図面を残したのじゃ」

「こちらでございます」

喜平が図面を開いた。喜平もやや老けたが元気そうであった。

図面はほぼ完成しており、指字式の電信機の送信機と受信機が丁寧に描かれていた。

「これがヱーセルテレカラフですね」

送信機では、台座上の円盤から放射状に真鍮製の細い棒が四十八本組まれていて、円盤全体が回転稼動するようになっている。円盤上には一本一本の棒に対応してイロハの四十八文字が書かれている。

「うむ、イロハで伝える電信機ですね」

佐野は頷いた。

「そうじゃ。モールス式で、イロハを伝えるのは中々骨が折れるのでな、これであれば、時間はかかるが確実に伝わるであろう」

確かに「イ」の送信時には一回の電気信号、「ロ」の場合は二回だが、「ス」の場合は四十七回の信号を送らねばならない。送信に時間はかかる。ただ、円盤上に描かれた文字の所に操作針を回転して持っていけば、後は錘《おもり》の力で、自動的に真鍮棒が接点に触れ、必要な回数の信号が送られる仕組みだ。

受信機側は、その信号を受けて電磁石が動作し、回数に従って指字棒が回転し、該当するイロハの字を指して止まる仕掛けだ。歯車の機構もある。

「なるほど、良くできておりますな。しかしバッテレイと電磁石は、既に前に作ったので、新たに考えることはないでしょうし、ここまで図面が出来ておれば、後は喜平さんら職人の手で十分できるのではないでしょうか」

佐野は笑った。

「そうかも知れぬ。しかし中村奇輔はどうしてもお主に作らせたかったのじゃろう」

喜平が頷いた。

「作ってみなければ分からんことがありますたい。龍前様に見ていただけましたら助かります」

「分かり申した。中村様の考案ならば、しっかりしたものを作らねば叱られますからな」

二

その一日は長かった。まだまだ身体が本調子ではないので、帰路は、ことさらに長く感じた。

「帰ったぞ。お千香」

慎之介は腰の物を抜いて、框《かまち》に座り込んだ。

「おかえりなさいませ。お城はいかがでしたか」

「いや、ほんに久方ぶりの出仕で疲れた。身体がふらふらするたい」

「お前様は、元より身体に悪いところはありません。徐々に慣れてくるでしょう」

夕餉の後、二人になって、慎之介は気になっていることをお千香に告げた。

「実はな、蟄居が解けたこの騒ぎで、お前になかなか出来なかった話があるたい」

「なんでございましょう」

慎之介は、太息をついた。

「このところ翔太との交信が弱くなっておってな、翔太は何か重い病を得た様な気がするたい。何度も病院へ行っておるようだ」

お千香は口に手を当てた。

「まあ、そうなのですか」

「お前の相手のことを聞きたいのだが、病気で亡くなる前はどのようであった」

お千香は下を向いた。

「病院へ入院したのは分かりましたが、確かにその前から交信は弱くなっていました。病気の経過まではよく分かりませんでしたが、亡くなった時だけは、はっきり分かりました」

慎之介は不安げに頷いた。

「やはりそうか。平成の世は医学が発達しておるのでめったなことはないとは思うが心配じゃな」

お千香は思い出すように言った。

「不思議なことなのですが、私は子供のころから右目が眇目で外を向いていたでしょう。それが、お相手が亡くなってから徐々に治ってきたのです。これは、お相手が亡くなったことと関係があるように思えてなりません」

「ほう、お前の右目は先の世を見ていたのかもしれぬな」

慎之介は、大聖寺の和尚が昔に言った「子供に憑いとる神さんが大人になると消えることはよくある」という話を思い出したが、不吉な気がして口には出さなかった。

次の日から慎之介は電信機作りのために毎日精錬方に詰めることになったが、一方で、砲術の書物も読み始めた。

「喜平さん、火薬のことは詳しいですか」

喜平はかぶりを振った。

「火薬のことでしたら、太助という者が詳しいですので連れてきますたい」

現れた太助は、足軽身分で四十過ぎに見えた。百姓の様に黒い顔をしており、首から手拭いをはずして慎之介に辞儀をした。この男は火薬に詳しいだけでなく、砲兵として調練もうけていた。藩の砲兵および小銃を使う歩兵は、ほぼ足軽によって構成されていた。

「太助さん、今ここで作っている火薬は、どういう物ですか」

太助は頷いた。

「大砲や鉄砲は変わったばってん、火薬ちゅうもんは昔からそう変わらんばい」

丁寧な物言いは苦手の様であった。

「どうやって作るのですか」

「大まかに言って硝石が八、硫黄が一、炭が一程の割合で混ぜ、水で練って乾かせばよかとです」

戦国の世から使われている玉薬、あるいは黒色火薬と言われているものである。

「ばってん、これを発火させるのに昔は火種ば使っておりましたが、今の火器は雷汞《らいこう》という薬を少し使い、雷管ば作ります。これを強い力で打つと発火してそれが火薬に火をつけるような仕掛けになっとりますたい。雷汞もここで作っとりますたい」

「雷汞は、どのように？」

「水銀に硫酸、あとは酒精で調合すればよかです」

中村が苦労して作った硫酸が此処でも役に立っているのがわかった。

太助は続けた。

「また火薬の使われ方で昔と違うのは、大砲の砲弾の中にも入れるようになったというところですかのう」

この時代から砲弾は鉄丸弾《すだま》ではなく、中に炸薬《さくやく》の入った炸裂弾に変わりつつあったことは、慎之介も知っていた。

この太助に付いて、大久保台場での砲兵の調練にも参加するようになった。慎之介はここで初めて、実際の大砲の操作をし、炸裂弾の威力を目の当たりにした。


村への帰り道も緑が明るい初夏となった。久しぶりに神社に寄ってみることにした。考えてみれば因縁の深い神社である。お千香に境遇を言い当てられたのも、蟄居の原因となった行商人との出会いもここである。本殿に手を合わせ、竹筒に水を汲んだその時である。翔太からのやや強い交信を感じた。昔の様に手紙を書いて読み上げているようで、慎之介は石段に腰をおろして眼をつむった。

龍前慎之介様

翔太です。私は、現在重い病気が見つかり、入院して手術することとなりました。脳に腫瘍が出来たようです。手術が成功したとしても、元に戻るのは相当な時間がかかりそうです。入院まで短い間ですが、どうしても気になることがあります。そちらではこれから施条《しじょう》砲という種類の最新の大砲を作ることになると思います。しかし歴史上は、作れたかどうか不明です。材料や作り方など気になっています。入院までに出来る限り調べ、そちらに伝えたいと思います。

◇　◇　◇

短い手紙であったが、一字一句がはっきりと分かった。病状については多くを語ってはいないが、脳に腫瘍というのは如何にも心配である。施条砲とはどのようなものか分からないが、焦って調べようとしている様子がわかる。本人はこれが最後の交信になるかもしれないと考えているのか。不安が胸をよぎった。

それから十日ほどは強めの交信があり、懸命に調べている様子がうかがえたので慎之介も忘れぬように出来るだけ書き留めたが、それからぷっつりと交信が途絶えた。

◇　◇　◇

それは蒸し暑い夜であった。目が覚めたので寝返りを打とうとしたが身体が動かない。ふと見ると目の前に洋服を着た男が立っていた。普段着ではない立派な背広の洋装である。翔太だった。何か自分にしゃべろうとしているが聞きとれない。行ってきますという言葉だけがかろうじて聞き取れた。何故か懐かしい想いがこみ上げてきて胸が熱くなり、涙で翔太の姿が滲んでやがて消えた。それからほんの一瞬眠った気がした。気がつけば朝になっていた。横に寝ていたお千香を起こした。

「お千香、どうやら翔太はな……、翔太は助からんかったようだな。夕べおいの夢枕に立ったばい。何も話はできんかったが」

涙が、ぬぐう間もなくはらりと布団に落ちた。

「まあ、なんということ」

お千香は両手で口を押さえた。

「お前の時もそうか」

お千香は下を向いて頷いた。

「そうでした。きれいな洋服を着て何かしゃべろうとしていました」

「やはりそうか。翔太もまだ若いのに無念であったろうな」

「前世の記憶を持って生まれた人は与えられた命が短いのかもしれませんね」

「そうかも知れぬ。翔太の記憶はおいの宝じゃが、これからは翔太を頼ることは出来ぬ。己の力で生きていかねば」

翔太は二十七歳の若さで、先の世で帰らぬ人となった。

数日後、慎之介は気持ちがざわついて居ても立ってもいられず、お千香を連れて大聖寺を訪れた。和尚に会いたかった。

老齢の和尚は慎之介を見てすぐに何かが分かったように笑みを向けた。

「どうやらそなたの憑きものが落ちたようだの」

「和尚様、おいに憑いていた神さんとはもはや話が出来なくなり申した」

慎之介が正直に言うと和尚は頷いた。

「それは、そなたが大人になったということじゃ。しかしその神さんは、ずっとそなたを守ってくれるぞ」

慎之介は顔を上げた。

「そうなのですね」

「そうじゃ、教えてくれることはないが、見守ってくれておる。そちらの奥方も同じと見えるな。同じような色の神様に見守られておるぞ」

お千香は意外な言葉に驚いて慎之介の顔を見た。

「二人して良く来られた。経を上げてしんぜよう」

和尚の経を聞くうち、慎之介は次第に心が静まって行くのが分かった。翔太とのやり取りは先の世の情景を伴うものであるが、それは慎之介の心に郷愁のような形で焼きついていた。

三

年が明け、文久三年（一八六三）となった。翔太を失った心痛は、精錬方での電信機作りと砲術の勉強に明け暮れることで、次第に薄れ始めていた。

電信機は試作品がほぼ出来上がり、機能的には問題ないことが分かったがあとは、剛性など機械的な部分を強化して、意匠を凝らした完成品を目指していた。喜平ら職人は、腕に撚りをかけて見栄えも立派なものをと意気込んでいた。

一方で慎之介は、暇があれば古今の砲術の書を読み漁った。分からぬことがあれば足軽の太助や本島配下の他の者にも尋ね、独学で修めようと努力した。翔太はもはやいない。頼れるものは自分だけである。

技術以外にもおぼろげながら分かったことは、砲術の世界も算術の世界と実に酷似しているということであった。銃砲伝来から三百年、武術や算術が各流派に分かれているのと同じように砲術も徳川時代に三十に余る流派が生まれた。各流派はそれぞれ秘伝などと称して銃砲の取り扱いから火薬の配分に至るまで世襲により伝えられてきた。これが和流砲術である。しかし二百年以上も実際の合戦がなかったのであるから、本当に使えるのかどうか全く疑わしいままに伝承されてきた。

ここに高島秋帆《しゅうはん》という男が登場する。武家ではなく長崎の商人である。出島のオランダ人を通して西洋砲術を知り、和流との格差に驚き、熱心に学んだうえ財力にものを言わせて銃砲も購入し、高島流砲術というものを完成させてしまった。天保五年（一八三四）のことである。西洋式であるにもかかわらず「高島流」と称したのはややこしいが、この時代には一流派として名乗るのが分かりやすかったため、いたしかたない。これに佐賀藩武雄領主・鍋島茂義がすぐに入門し、免許皆伝を得た。当然佐賀藩全体にも影響を与え、当時の若き藩主閑叟もその実力を知るや秘密裏にではあるが、砲術様式を和流から西洋式に変換していった。反射炉による鉄製大砲の鋳造もこの影響である。

和流砲術というものは只々《ただただ》、銃砲を発射するという動作に収斂《しゅうれん》していた。一方で西洋砲術は、組織（軍）としての統一された軍制行動の一部分であるという考えが根底にある。技術にしても新しく有用な物が出れば取り入れ公にされる。流派や秘伝などはない。それは和流砲術が長年踏襲してきた様式とは相入れないものであった。これは和算と数学の関係と同等の対比を成している。したがって幕府には高島流の西洋砲術は遅々として受け入れられず、それぱかりか派手な動きをしていた高島秋帆は、あらぬ罪で天保十三年（一八四二）から十一年間も投獄されることになる。結果として幕府は佐賀などの西国雄藩と比べ西洋砲術への切り替えが十五年も遅れることとなった。

本島藤太夫より招集があり、精錬方の会所に出向くと錚々《そうそう》たる面々が顔を揃えていた。本島、杉谷、馬場を含む大銃製造方の七人衆、この時点では既にそれぞれが別の仕事をしていたが、本案件で急遽に招集された。それに精錬方からは、主任の佐野常民をはじめ田中久重、儀右衛門（二代目）親子、石黒寛治、その他数名であった。慎之介が部屋に入ってもだれも気に留めなかったが、唯一馬場栄作だけが、慎之介の方を見て大きく頷いて笑顔を見せた。田中らに会うのは初めてであった。田中らは、たいていは長崎か三重津の造船所におり、めったにこちらには来なかった。このとき久重は六十を過ぎているが鋭い眼光を伴う意志の強そうな顔つきは異彩を放っていた。息子の儀右衛門は学者というより頭の良い職人風、石黒は中村奇輔とは違い物静かな学者に見えた。

本島が口を開いた。

「此度、大殿より新しい大砲を作れとの命があった。後装式の施条砲である。英国のアームストロング砲と同等の物が出来ぬかとのことである」

皆は顔を見合わせた。小銃であれば藩では施条式のミニエー銃やスペンサー銃をすでに使っていたため知っていたが、それを大砲で作るとなるとその困難さが想像できた。

「此度は、精錬方の秀島藤之助殿が、その任に当たることになっておるので皆、助力を願いたい。秀島殿、長崎の英国船で実物を見たようだがどうであったか」

慎之介はその男に見覚えがあった。

――あ、あの男、確か蘭学寮に……

秀島は、かつて蘭学寮の一期生で、慎之介の蒸気機関の模型教材に感心した男であった。今は精錬方で且つ大殿の近習である。三年前の勝海舟ら幕府の遣米使節に佐賀藩から参加し渡米した八名のひとりであり、唯一咸臨丸に乗船した。機械、砲術、それに英語も出来る。

「私が見ましたアームストロング砲は、それほど大きなものではなく、六ポンド程のものでござりましたが、その弾道距離は、二十四ポンドの鋳鉄砲が二十二丁とするならば、この小さな砲は、三十七丁に至り申す。即ち、一里（四キロメートル）先まで飛ぶということでござる」

皆は、その威力に驚いた。田中儀右衛門だけが、にやにやと笑っていた。

「飛距離だけではござらん。施条砲であるゆえ、砲弾が回転しながら飛び、命中精度が格段に高くなり申す。また後装式ゆえ、砲弾の交換が早く、同じ時間に従来の十倍の砲弾を撃てると聞き及んでおります」

杉谷が聞いた。

「威力は分かり申したが、砲身は何を持って作るのです。相当強靭なものでなければならぬと見えますが」

秀島は、やや言いにくそうに答えた。

「錬鉄《れんてつ》の鍛造《たんぞう》と聞いております」

この返答を聞いて、大銃製造方の面々は顔色を失った。錬鉄は、今の反射炉で作っている鋳鉄よりさらに炭素量が少なく、粘りがあり強靭であるが、特別な高温の炉が必要である。錬鉄はこの時代の最高の鉄材であり、ここより二十年余後であるが、パリのエッフェル塔は、錬鉄の鉄材により作られた。

杉谷が答えた。

「簡単に申されるが、錬鉄を今の反射炉で作ることはできませぬ。さらに鍛造となると……」

この時代、鍛造と聞いて思い浮かべるのは刀剣である。刀剣は刀鍛冶が、砂鉄から作った鉄を金槌で丹念に打ち、強靭な日本刀が出来る。七人衆のひとりに刀鍛冶の橋本新左衛門がいた。杉谷は橋本の方を見た。

「橋本殿、いかがかな」

橋本は、呆れた顔で答えた。

「鍛造とは、刀剣ほどの大きさの物を人が自在に動かして鉄を打ち作るものでござる。大砲を鍛造で作るなど、人力の及ぶところに非ず、考えることもできませぬ」

秀島は汗を拭いた。

「しかしながら、大殿は如何にしてもこれを数年のうちに作れと申されております」

秀島は秀才であるが、物を作るという経験はほとんどない。自然に田中親子の方を頼るように見た。

「田中様、如何に」

田中久重が腕を組んだ。

「うむ、よしんば錬鉄が出来たとしても、英国ならば蒸気の力で鉄を引き延ばしたり、打ったりも出来るのであろうが、佐賀藩でそれをするには十年はかかるのではあるまいか。蒸気船を作るほどの費《かかり》も入用と思われる」

横から息子の儀右衛門が、

「まずは製造の手立てを十分に考えてみられ、しかるのち相談ということではいかがか」

と突き放すように言った。皆からも「出来んもんは出来ん、お前が決めろ」というような視線を感じ、秀島はたじろいだ。


この前年の暮れであるが、鍋島閑叟は朝廷の命を受け、藩兵七十名、足軽八五名を引き連れて上洛し、天子に拝謁していた。この時、関白の近衛《このえ》忠煕《ただひろ》に面会を求め、すでに会津藩の松平容保が任命されていた京都守護職を自分にも任じてくれと請願した。ここで閑叟は、幕府にも秘していた自藩の軍事力を初めて喧伝した。佐賀の歩兵隊の装備はすべてが最新の施条銃で備えており、施条式大砲も英国より購入の予定であると。さらに驚くべきことを言った。もし在京の薩長土三藩と勝負せよと仰せつけられるならば、京に連れてきた足軽銃隊の半数の四十名余にてこれを打ち伏せて御覧に入れましょうと。この大胆な守護職請願は薩摩などが抗して受け入れられることはなかったが、朝廷を取り巻く関係者を震え上がらせたことには違いない。閑叟は、清国を攻めた英国軍の戦況情報より、施条式銃砲の桁違いの威力を国内の誰よりも知っていた。彼は攘夷思想などには興味はないが、本気で国防を考えるならばまず最新の銃砲を備えるべきであると考える稀有な現実主義者であった。またトルコ以東において、最新銃砲で武装し、且つ兵器製造の工業力を備えた「国」は佐賀のみであると自負していた。出来れば、施条砲を藩内で製造したいと考えたのも当然である。

アームストロング砲は、英国のW・Gアームストロングにより一八五五年に発明された。佐賀では反射炉での鋳鉄砲の量産に成功していた頃である。後装式の施条砲で、錬鉄を鍛造した筒を四層構造にするというこの時代の世界最高の工業力を持ってして作られたものである。施条式大砲として英国軍に制式採用されたのはこの砲が最初である。

この年（文久三年）の七月に薩英戦争が起きている。前年に起きた生麦事件の賠償問題が事の発端であった。この時、英国軍は船上より、百十ポンドのアームストロング砲を艦載砲として使用した。遠距離砲の圧倒的な威力により、薩摩の城下の約一割が焼き払われたが、三百発を超える砲撃の後、何門かの砲身の一部に損傷が見られ、一門は爆発し、すぐに使用は中止された。これにより戦況は一転して薩摩側が有利となり、薩摩の要塞砲の攻撃に英国側は大破した戦艦もあり、相当な痛手を受けた。この事故で、英国海軍はこの砲の制式指定を一旦取りやめた経緯があった。アームストロング砲は、この時点ではある程度の危険を伴う砲であったのだ。

またこの薩英戦争の後、八月十八日に、京から長州及び関連する公家が追い落とされる政変がおこり、国内は長州一藩を敵にした内戦状態に突入していく。

四

元治元年（一八六四）を迎え、精錬方で、ようやく新しい電信機、『ヱーセルテレカラフ』が完成した。イロハで文字を伝える指字式ではあるが、慎之介の考えで別に送信機側に電鍵も装備し電鍵を押せば受信機側で鐘が鳴る仕掛けを付け加えた。これは、文字と文字の区切りを示すためにも利用できる。中村の意向に沿い、金属部品はすべてねじ止めとし、受信機は木工職人が四本の脚を付け、西洋家具風に仕上げた。

佐野常民をはじめとして、精錬方関係者に完成の実演を行った。一文字送るのに時間はかかったが、イロハのどの文字を送ったかが誰にでもわかる仕掛けには驚嘆の声が上がった。これは初めての電信機ではないのでそれほど注目されるわけではなかったが、この後、明治新政府によって最初に横浜で敷設された電信は、これと同じ指字式であった。

また明治政府の初代電信頭（電信事業の長）、石丸安世は、元佐賀藩士であり、東京長崎間の電信架設を推進し、明治十年の西南戦争の政府軍の勝利に貢献することになる。

精錬方を代表して、慎之介が送信機と受信機の箱に箱書を行った。

慎之介は、ヱーセルテレカラフ、元治元年と墨書きし、最後に「中村考」と書いた。

それを見た佐野が口元を緩めた。

「中村考の後に龍前作とは書かぬのか」

慎之介はかぶりを振った。

「これは中村様の考えられたもの故、拙者の名などは不要です。中村様に見ていただきたいところですが、それが叶わず残念です」

中村奇輔は、火傷のために廃人同様の身となっており、明治七年に亡くなる。


実演の披露目が終わった後、佐野に呼ばれた。

「龍前、電信機も一段落した故、これからは施条砲を手伝ってもらえぬか。秀島一人では心配じゃ」

慎之介は驚いた。

「私などより、経験豊富な田中様や石黒様もおられるではないですか」

「皆それぞれ忙しいのじゃ。ことに田中の親子は三重津の蒸気機関と蒸気船のことで手いっぱいでな。それにな……」

「……」

「秀島という男は、精錬方きっての秀才だが、皆に指示して仕事をさせることが苦手なようでな。何でも自分でやろうとする。大銃製造方の者らも皆、癖が強い者らばかりじゃ。そうそう言うことは聞いてもらえん。力になってやってくれんか」


後日、慎之介は秀島と二人で会った。

「秀島様、ご無沙汰しております。龍前です」

秀島は慎之介と歳は変わらないが、大殿の近習、身分は遥か上である。

「龍前か、お主のことはよく覚えておる。蘭学寮きっての数学の達人、しかも蘭語が読めぬのに中身が分かるということだったな」

「此度は難しい御役目で」

「手伝ってくれるそうだな。頼もしい限りだが、前の会議でわかっただろうが、皆、アームストロング砲など作れるものではないと思っておる。なにせ錬鉄、鍛造だ。しかし大殿の命、何としてでもやり遂げねばならん」

秀島の指先が小刻みに震えていた。誠実で責任感の強そうな男だが、その重圧にまともに立ち向かおうとしている姿に慎之介は不安を感じた。

「秀島さん、一人では、いや私が加わっても二人でもどうにもなりません。皆の助力を得なければ」

秀島の指がさらに震えた。

「御主、あの田中儀右衛門の言葉を聞いたであろう。まずは製造の手立てを考えられよと。あの者は俺などには考えられんだろうという顔をしておった。皆が驚くような手立てを考えてやろうではないか。しかる後、あの者らに作らせればよい」

田中儀右衛門は、田中久重に気に入られた職人で久重の養子になった。若いころから久重のもとで様々な物づくりの経験を経た現場の叩き上げである。一方で秀島は弘道館、蘭学寮と佐賀生え抜きの秀才で大殿の近習となり、渡米までしている。このような二人が手を組めば良い仕事が出来るはずであるが、得てしてこのような者どうしは反目しあうものである。

「錬鉄は今の反射炉では出来ないのですね」

「そうだ、さらに高温のパドル炉というものを作らねばならない。錬鉄は流れないので鋳物にはできない。棒でからめ取ってひき延ばして、板状の鉄を作り、鍛造しさらに芯棒を入れて丸め、砲身を成形する。人力では難しいな」

「ひとまず鋳鉄でつくればどうでしょう」

翔太の最後の調べでは、佐賀のアームストロング砲は謎であり、作ったとしても鋳鉄砲ではないかとのことであった。

「鋳鉄は後装式では使えんだろう。恐らく、割れてしまうだろうな」

その日は、太助とともに大久保台場で、調練準備をしていた。足軽らは緊張した面持ちである。そこに物々しい様子で現れたのは本島、佐野、そして秀島であった。菰《こも》をかぶった大砲が二門、足軽に引かれてきた。

「太助さん、ついに来たようですな」

英国より購入した本物のアームストロング砲である。

本島が声を上げた。

「これより、六ポンドアームストロング砲の試放を行う。砲兵らはこの後装式砲の操作に習熟するように」

既に操作を習っている足軽が準備にかかった。操作は従来の大砲とまるで違った。まず砲尾にあるねじ式の穴のあいた尾栓を回して緩め、その前にある板状の閉鎖栓を上に引き抜く。そして尾栓の穴から棒を入れて中を掃除する。そのあと、やはり尾栓から椎の実型の砲弾と火薬の入った装薬を装填し、再び閉鎖栓を差し込み、尾栓を回して締め固定する。閉鎖栓は、砲尾側と火薬がある砲身内を完全に遮断する重要な部品である。掃除も装弾も全て砲口から行うそれまでの砲とはまるで違う。砲兵は常に砲の後方におればよい。

いよいよ点火である。足軽が閉鎖栓上部にある火口からひも状の火管を挿入した。これを引くことにより摩擦熱で装薬が発火する。

この台場の標的は、十一丁（一・二キロメートル）先の大願寺山に設えた船形標的である。この砲にとっては距離が短いので秀島が指示をして、低射角を取った。

足軽が火管を引く。轟音とともに、椎の実型の砲弾が不思議な音を立てて風を切った。皆が、あっと思ったその時には弾道は放物線ではなく、ほぼ一直線に伸び、船形で炸裂していた。

皆はその威力に言葉を失ったようにしばらく茫然と佇んだ。

「いやはや、凄いものですな。このような小さな砲で」

佐野の声は震えていた。

慎之介は、砲弾が出るときの速さに驚いた、それだけの衝撃をこの細い砲身が受けているのだ。よほど強靭な鉄材でなければ割れてしまうであろうことが、肌で感じられた。ことに閉鎖栓のあたりが壊れやすそうに思えた。

――作れるのか、これが佐賀で……。

秀島も同じことを感じたようだ。手先を見ると震えていた。

それから数度、秀島と会したが、考えは一向に進まず、それどころか同じ話を何度も繰り返し、慎之介にはこれが精錬方きっての秀才なのかと不安になった。

五

九月になり、藩は新たな蒸気船「甲子丸」を英国より購入し、秀島はその検査の任で、長崎に出向いていた。

慎之介は佐野に会したときに告げた。

「秀島様のことですが、気になることがありまして」

「どうした」

「どうも、私が見るに、このところ様子がおかしく、やや心身に変調をきたしているのではないかと」

佐野は驚かず難しい顔をした。

「うむ、お主もそう思うか。しかしこのこと誰にも言うな。あれほどの気丈な才人だ。今は心労がたたっておるが、そのうちに治るであろう」

慎之介は、それ以上は何も言えず、不安だけが残った。

「ところで施条砲の件だが、秀島は動きが悪いようなので本島殿とも話してな、田中久重殿に鋳鉄で作れぬかと相談したところ、田中殿はやる気になった。とにかく形として後装式施条砲を試作することが先決だということじゃ。このことは秀島にも伝わったが、それから口数がさらに減ったようだ」

秀島は、錬鉄、鍛造にこだわっていた。自分に相談もなく勝手に方針を決められて、さぞ自尊心を傷つけられたであろうと慎之介は胸が痛くなった。いくら能があっても所詮人間関係がうまくいかねば、仕事はうまくいかぬものである。

佐野の期待もむなしく、秀島の病は長崎で最悪な悲劇を生んだ。九月十二日、秀島は二つのことで運が悪かった。一つは同行した検査員が田中儀右衛門であったこと。もうひとつが突然の激しい雷雨である。秀島は雷雨に打たれた時、己を失った。突然刀を抜いて儀右衛門の寝室に入り、彼と息子の岩次郎の二人に斬りかかり、そのまま二人を斬殺《ざんさつ》してしまった。その血刀を提げながら聞役の石川という侍に「田中儀右衛門が魔法を使いて雷雨を起こしたるを確かに見届けたるにより、之を一刀のもとに打ち果たしたり」と報告したという。「魔法」というのは如何にも秀島らしくなく、明らかに発作的精神錯乱状態である。誰彼なしに刀を振り回したわけではないので、秀島の中では理屈が通っていたのかもしれない。

事件が佐賀に伝わると家中に衝撃が走った。ことに精錬方では優秀な家臣を同時に二人も失うこととなった。秀島はこの後も疾病が癒えることはなく、座敷牢で生涯を終えることになる。

この事件のあと、精錬方では、皆の気持ちも索漠として口数も少なくなった。明らかな心労で乱心した秀島を責めることもできず、息子と孫を突然失った田中久重には掛ける言葉もない。皆は喪に服すよりなかった。

慎之介は、中村に続いて秀島と、共に働ける者を失った気がした。帰宅してお千香に事の次第を告げた。

「……そういうわけだが、秀島様は作りたかったのであろうな。アームストロング砲を」

お千香は簡単に言った。

「お前様が作りなさりませ」

慎之介は苦笑した。

「そげん軽うに言うな。鉄のことは難しか」

慎之介はふと思いついた。

「よし、お千香、それではこれからお前に鉄の講義をするので聞け」

お千香は口を曲げた。

「私に鉄のことなどわかりませぬ」

「いや、お前が分かるように話ができなければ、自分の頭の整理がついていないということだ。

それにこの話は、翔太から得た先の世の事も含まれる故、お前にしか出来んばい」

「それならば聞きますが」

「では参る。ざっくり言えば鉄の種類は含まれる炭素の量で決まる。鉄鉱石などの鉄の原材料を炉で溶かして得た銑鉄《せんてつ》は炭素が四、五パーセントである。パーセントは分かるな」

「当り前でございます」

「うむ、これをさらに溶かせばそれが鋳鉄《ちゅうてつ》であり、鋳型に流せば鋳物が出来る。鍋釜などはこれで作る。しかしもろい。高温の炉で炭素や不純物の量を少なくすれば強くなるが、流れなくなる。ぎりぎり流れる二パーセント程度にしたものが、佐賀の反射炉で作っている鋳造《ちゅうぞう》の大砲である。これ以上炭素を少なくすると溶かしても飴の様になって鋳物には出来ず、鍛造《たんぞう》と言って金槌で叩いて形成するしかない。これが秀島様の言われる錬鉄の鍛造であり、特別な炉や機械がいるのだ。佐賀にはない。錬鉄の炭素量は〇・二パーセント以下らしい。欠点は柔らか過ぎることだ。この先の世では逆にこの錬鉄より炭素が少し多い鋼鉄という最も強靭な鉄材が出来るようになり、二十世紀は鋼鉄の時代になる」

慎之介が得意げに話すと、お千香が首をかしげた。

「ちょっと待ってくださいませ」

「なんじゃや、分からぬか」

「良く分かりましたが、その今はまだ無いという鋼鉄は、鋼《はがね》とは違うのですか。鋼の刀剣ならば、それこそ源平合戦のころから日本にあるではないですか」

「うむ、確かにそうばい」

「今はまだ鋼鉄を作る技術がないのになぜ鋼ができるのですか」

慎之介は答えに詰まった。以前に反射炉のことで、翔太が色々調べてくれていた知識がかすかに残っていた。

「確か日本は、砂鉄から鉄を作るが、この砂鉄が良質な故、たたら吹きという方法を用いて低い温度でも良い鋼が出来ると聞いたな。槌で鍛錬することによって、余分な炭素ものぞけるとも聞いた。つまり橋を作るほど大量には出来んが少量なら鋼鉄が出来るということになるか」

さらにお千香が聞いた。

「火縄銃も日本で作られるようですが、鋳物なのですか」

「いや、あれは鉄砲鍛冶が鍛造で……」

言いかけて、慎之介は、はっとひらめくものがあった。

「お千香、お前に話して良かった。思いつくことがある。今日の講義はこれで終わりばい」

事件から一月経つと、精錬方もようやく落ち着き、田中久重も現場に顔を出すようになった。その時大銃製造方もやはり後装施条砲をやらねばならぬなという気になり、重い腰を上げた。その時四十ポンドの鋳造砲が水車を使って砲腔の穿孔《せんこう》作業中であったので、これを利用して試作してみようということになった。前装砲であれば、砲の真ん中を過ぎたところで穿孔作業は終わるが、後装式であるため、最後まで穴をあける必要があった。後はアームストロング砲をまねて、精錬方が図面を描き、大銃製造方の職人らが加工を施した。尾栓も鋳鉄から削り出して作り、ねじを加工した。しかし、施条を削る作業で頓挫してしまい、この砲は試作に終わった。施条を削るためには水車を利用した工作機械が必要だが、四十ポンドはあまりに大きいため、次回に小さい砲で始めようということになった。

慎之介はこの作業を特に手伝うこともなかったが、気になったのは大銃製造方の面々である。十二年前、反射炉を作り、日本で初めて鉄製大砲を鋳立てることに成功した時、切腹まで覚悟して臨んだ仕事、その意気込み、情熱は今全く感じられなかった。その面々が歳をとってしまった故なのか。一人、情熱が感じられたのは秀島だけだった。それゆえ空回りしてしまったのではないか。

慎之介は、この間、古い銃砲に関する書物を探しては読み漁っていた。精錬方で足軽の太助に尋ねた。

「藩の武具蔵には、古い火縄銃などは残っておりますかの」

太助は首をかしげた。

「さあ、前に使っていたゲベール銃などは、施条銃に変えた時に他藩に売り飛ばしたと聞いたばってん、その前の火縄銃などは売り先がないので残っているかもしれんばい」

慎之介と太助は許可をとって、古い武具蔵に入らせてもらった。古い甲冑や、刀鑓が所狭しと並べてあった。もやは、くず同然の扱いで、あまり手入れもされていない様子だ。慎之介は、隔世の感を感じるとともに「兵《つわもの》どもが夢のあと」という句を思い出した。その奥に火縄銃もあった。どっさりあった。

——捨てられずに残っていたな。

慎之介は火縄銃を手にとってみた。ずっしり重いが今のミニエー銃などと比べれば、なんとも拵えが粗い。しかし木の部分には装飾を施した物もあり、実用より意匠に凝っていた。

「無用の長物とはこのこと、今更こげん物を見てどぎゃんするたい」

太助が不思議そうに言った。

「いや、無用ともいえません。これも勉強ですたい」

ふと見ると、足元にひときわ大きな火縄銃が転がっていた。

——あったあった、これじゃな。

慎之介はひとりにんまりとした。

この年、幕府より佐賀にも長州への出兵（第一次長州征伐）および蒸気船での兵器輸送の命令があったため、藩として対応はしたが、長州の幕府への謝罪により実際の戦闘には至っていない。軍備は国防のため、内戦に軍は使いたくないというのが閑叟の心中であった。

六

慶応元年（一八六五）となり、大銃製造方では、半年をかけ鋳造の六ポンドおよび九ポンドの後装式施条砲の試作品を作り上げた。購入した英国製アームストロング砲の形をそのまま鋳鉄で模造したものだ。施条彫り工程に関しては、製造方に加わった本島藤太夫の長男の喜八郎が、秀島らとともに渡米した際に米国の兵器工場で施条工作機械を視察していた。その原理を教わった職人の文蔵という者が水車を使って作り上げた。六ポンド砲（口径約六五ミリメートル）で三十条ほどの溝を螺線に彫りこまねばならず、この螺線の溝に沿って、砲弾が砲身内でちょうど一回転し、飛び出すように作りこむ。高い精度が必要だがこれをやり遂げた。この職人は後に斉藤文蔵と名乗り、藩より施条工作機械の功により褒章を受けている。

慎之介は、この施条の工程が成せるか、非常に心配していたが、職人文蔵の知恵と工夫には驚嘆し、また安心した。

しかしながらこの鋳造砲は、うまくはいかなかった。後装の砲は、火薬の力を受け止める閉鎖栓を含む後装部分の強度が重要だが、鋳鉄ではやはり、火薬の量を少なくしても割れてしまう結果となった。

佐賀製のアームストロング砲は、仕切り直しとなった。精錬方の会所に再び精錬方と大銃製造方の関係者が顔をそろえた。皆の顔色は冴えない。本島藤太夫に代わって息子の喜八郎が、場を仕切った。

「此度の六ポンド及び九ポンドの施条砲の試作は失敗ということになり申した。しかし失敗なくして成功もなし。本日は皆さまのお知恵を借りたく、集まっていただきました」

田中久重が、声を上げた。

「此度の施条砲は、如何にも細い。つまり鉄の厚みがない故、鋳鉄で作るのであれば、やはり倍ほどは分厚くせねば」

喜八郎が答えた。

「それはごもっともですが、六及び九ポンド砲は、野砲にござります。移動せねばならぬ故、あまり目方を重くしては役に立ちませぬ」

皆が頷いた。佐野が言った。

「やはり、鋳鉄で同じものを作るのは無理ということかの。喜八郎殿は、アメリカで銃砲の製造所を視察されたのであろう。錬鉄の鍛造による製砲とはそれほど大変なものなのでしょうかな」

「はい、蒸気機関による大掛かりなローリングミル（圧延機）、ハンマーなどが必要になります。大きな加熱炉も入用です。それ以前に皆様ご存知のように錬鉄は、佐賀の反射炉ではできません。パドル炉というさらに高温の炉が必要です」

時勢は風雲急を告げている。佐賀からも兵を出しているのであるからそれは皆も分かっていた。十年前とは状況が違う。この時点で十年かかっても成功できるか分からないものに手をつけるかどうかである。十年たてばまた新しい砲が出来、手掛けたものが陳腐になってしまうかも知れない。それ以前に国内情勢が緊迫しており長州征伐（第一次）は収まったものの、いつ内戦が勃発するやもしれず、悠長なことはしておれないと皆が感じていた。全員が押し黙った。

本島藤太夫が厳しい目をして言った。

「ご家老の間では、出来ないのであれば全て英国から買えばよいではないかという意見もある。されど、それでは製造方がここにある意味がなくなるではないか」

さらに皆が押し黙った時、本島は慎之介と目が合った。まっすぐ平然と前を見ていたのは慎之介だけであったからだ。本島は昔を思いだした。大砲の鋳造で困った時、二度もこの男に助けられたことを。

「龍前、何か考えがあるのであれば言ってくれぬか」

横で杉谷がはっとして顔を上げた。杉谷も昔を思い出した。

慎之介は、とつとつと語り出した。

「私が考えますところ、欧米での製造方法にこだわる必要はないのではないでしょうか」

杉谷が思わず声を上げた。

「ではどのように作るのじゃ」

「火縄銃に戻ればどうでしょう」

皆は、呆れた顔で慎之介を見た。この男は何を言い出すのかと。

「皆さまに見てもらいたいものがございます」

慎之介は、あらかじめ部屋の外に薦に包んで用意していた物を足軽の太助と二人掛かりで運んで、皆の前にさらけ出した。

皆の者がそれを覗きこんだ。口径一寸ほどの小さな砲であった。

「これは、藩の蔵にあったものです。昔の火縄銃の大きなもので、大筒《おおづつ》と言われます。一人か二人で抱え込んで撃ちます。恐らく二百年も前の物です」

「こ、之が何だというのだ」

杉谷が聞いた。

「これは如何にして作られたと考えられますか。鋳物ではありません。火縄銃と同じように鉄砲鍛冶が鍛造で作っています」

皆は息を飲んだ。知ってはいるが忘れかけていた。火縄銃は鉄砲鍛冶が鍛造で作るものだ。

「では、反射炉も何もない二百年前に、なぜこのようなものが出来たか。それは、日本には良質の砂鉄があり、之をたたら吹きという製鉄法を用いて、低い温度でも優れた鋼を作ることが出来たからです。もちろん刀剣は未だにこの鋼にて作られます」

「龍前、何が言いたいのだ。これをどうするのだ」

佐野が声を上げた。

「和鉄は、鍛錬することにより炭素が少なく柔らかく強靭になり、錬鉄と同じようなもの、いやそれ以上強い鋼になります」

全員が慎之介に注目した。

「皆さまは大砲を作るとなると人力での鍛造は無理であろうとお考えのようでありますが、六ポンドアームストロング砲は畳一畳に入る程のもので、口径は二寸余り。私の調べでは大筒の中には二寸半ほどの口径の物があったようです。もし和鉄を用いて、人力で天下一の大筒を作ることが出来れば、それは即ちアームストロング砲になるのです」

皆は慎之介の言葉にあっけにとられた。だれも考えもしなかったことだ。

本島がやや興奮しながら言った。

「龍前、お主の言うことはわかった。されど橋本殿、いかがか。出来るものなのか」

橋本新左衛門は、代々続く肥前刀の刀工であり、身分は手明鑓ながら、家中では尊敬を集めている。

「わしも鉄砲鍛冶には詳しくないが、鉄砲にふさわしい鉄に鍛錬するのに相当な経験がいるであろうし、昔はたたら場を持った鉄砲鍛冶が国中にいたようだが、今はほとんどいなくなっておる。それゆえ大砲を作るほどの大量の鋼は、そう簡単には手に入らぬであろうな。ましてや此処で作ることは難しい」

慎之介が答えた。

「銃砲にふさわしい鉄は、すでに藩内にあります」

「ど、何処にあるというのだ」

杉谷が問うた。

「武具蔵にある、大量の火縄銃です。あれを反射炉で溶かせばよいのです」

慎之介がそう答えると、皆は電気を撃たれたように仰天して顔を見合わせた。

突然佐野が声をあげて笑いだした。

「これは愉快、今は無用の火縄銃が精鋭無比の砲に化けるか。龍前は佐賀一の変人と聞いておったが、これは驚天動地の策、皆の顔を見よ、既にやる気になっておるではないか」

興奮する佐野を制する様にして喜八郎が、冷静に言った。

「皆さま、龍前殿の案は、確かに理にかなっているように思えます。英国のアームストロング砲と全く同じ物には成らぬかもしれませんが、肝心の錬鉄を使った鍛造の仕様は満たせまする。鋳造よりは確実に強靭な砲が出来ます。我々には時間がありませぬ故、他に良い手立てがないとするならばこの方法で進めたいと考えまするが、如何か……」

異論のある者はいなかった。というより慎之介の案に掛けるより無かった。

「されど龍前殿、之を進めるには熟練の鉄砲鍛冶の力が要るな」

喜八郎が聞くと、慎之介が頷いた。

「さよう、今この藩に、大筒を作れる鉄砲鍛冶の職人はおりません。藩外より雇わねばなりません」

これには佐野が返答した。

「うむ、それはわしの仕事じゃな。近江の国の国友というところに鉄砲鍛冶の集落がある。ここは天領でな。わしの知るものがそこにおる。話によれば、頑固に洋式銃は手掛けんようで、おのずと仕事が減って百姓になる者もいると聞く。今なら熟練の鉄砲鍛冶の二、三人、本藩で雇えるのではないかの」

喜八郎が、頷いた。

「佐野様、では、職人集めのほうは、お願いいたします」

さらに橋本に向かって言った。

「橋本殿、此度は鍛造ということになれば、貴殿の御力を借りねばならぬと考えまする。是非助力を賜りたい」

橋本は口元を緩めた。

「此度は実に面白い試み、鉄砲のことは分かりませぬが、出来る限りのことはさせていただきまする。なに、二百年も前の鉄砲鍛冶が作れたものを日本一と言われる佐賀精鋭の学者、技師が集まって出来ぬ道理はない」

最後に本島藤太夫が言った。

「本件、工程含めて藩の機密とするべき事項である。暫くは書き物に残すようなことはせぬように致そう」


その後、佐野は職人を手配すべく、早速近江の国友に人を遣わした。大銃製造方では、橋本の指示のもと多布施製造所の敷地内のたたら場に鍛造作業用の鍛冶場を設えた。鋳物で作った大きな作業台も拵えたが、大掛かりな設備は不要であり、着々と準備を進めた。

一方で、慎之介はアームストロング砲の尾栓の機構が気になっていた。何回か回転させて締めるねじ式であるが、このねじの加工は手造りでは難しく、うまくいかなければ閉鎖栓をしっかり固定することが出来ず命取りとなる。何か良い機構は無いものかと先の世の機械の構造を思いめぐらし、ふと思いついた。それを簡単な図面に書き、喜平の所へ行った。

「喜平さん、この様なものを試作願えませんか。竹か木で良かかと思います」

図面を見た喜平は頷いた。

「茶筒とその栓ですな。こんなものならすぐ出来ますすたい」

後日、竹と木でできた雛型を持って喜八郎を訪れた。喜八郎が中心になって精錬方で六ポンドアームストロング砲の図面を描き直しているところであった。

「本島様、少し御相談がありまして」

喜八郎は、手を止めて慎之介を見た。

「おお、龍前殿ではないか。いかがした」

周りの者も慎之介に辞儀をした。もはや、此処に於いて慎之介のことを知らぬ者はいない。

「尾栓の機構についてですが、ねじは作るのが難しく、操作性も悪いため、このような機構にすればいかがかと」

慎之介は雛型を見せた。約九十度回転させるだけで、ねじが閉まる仕掛けで先の世では、写真機のレンズ装着などに普通に使われていた。

「これは……」

　喜八郎は何度も栓を締め直して、確かめた。

「これは、バヨネットというものだな」

「御存じなのですか」

　慎之介は名前までは知らなかった。

「アメリカの視察中に兵器工場で見たことがある。便利なものだという印象だったが、こういう具合に作り込むのだな。これは、何処で知られたか」

「いや、昔蘭書の機械図面で見た記憶があり、使えるかと」

　慎之介はごまかした。

「確かにこれを尾栓に使えば、ねじ式よりも脱着が素早くできるな。実は英国製と佐賀製を見分けるのに何かを変更しようと考えておったので、之を使えば解決するな」

　この方式は佐賀製砲に採用されることとなった。


　この慶応元年には精錬方には、嬉しいことがあった。三重津造船所で日本初の実用蒸気船「凌風丸」が竣工したのである。蒸気船、蒸気車の雛型を作ってから十年目である。田中久重や石丸寛治の功が大きいと言われている。全長六十尺（十八メートル）、幅十一尺（三・三メートル）、蒸気機関は十馬力で、推進方式は外輪船である。既に所有の観光丸、電流丸、甲子丸などとともに佐賀海軍はますます充実していた。

七

慶応二年（一八六六）となり、時勢はいよいよ過熱した。一月に薩摩と長州が秘密同盟を結んだ。その後、知らぬ幕府は幕長戦争とも呼ばれる第二次長州征伐を仕掛けたが薩摩は動かず、幕府は事実上長州一藩に敗北した。これより幕府の権威は失墜し、倒幕の機運がさらに高まることとなる。幕府寄りと見られていた佐賀も、もはや一切幕府に加担しなかった。この時点で閑叟は幕府を見限ったと言ってよい。

精錬方に、ようやく近江国の国友より三人の鉄砲鍛冶がやってきた。一人は熟練者と見える銀蔵という六十過ぎの職人で後二人はその弟子の三十代の男らであった。

実際のアームストロング砲を見せられた銀蔵は驚きを隠せなかった。

「此処まで立派な大筒は作ったたことありまへんが、その分やり甲斐がありまんな。はるばる九州まで来たんやさけえ、腕をふるうだけです」

喜八郎は、この者らに全てを任すわけではなかった。銀蔵に工程を細かく聞き出し、一年にわたる製造計画を立てた。仕事がしやすい作業場と必要な道具、そして鍛造に用いる鉄の形状、人力を補完する水車を使っての槌打ちや穿孔作業などである。最初の試作の一門を作り、出来栄えにより再度検討することとした。上に立つものが全体を理解していなければ作業するものは安心して仕事はできない。喜八郎は秀島とは違い、技術者というより、如何に事業を進めるかに知恵が働くものであった。慎之介は喜八郎の聡明さに魅せられ、次第に熱中してこの仕事に加わっていった。

鋼の準備工程はまず火縄銃を分解し、その鉄部分の適数をたたら場で十分に火入れして、さらに反射炉へ入れた。これは和鉄鋳造での経験から、鉄の還元（酸素を抜く）が目的である。反射炉内で鉄は赤く溶解し、一体物となったが慎之介の予想通り流れ出すことはなかった。これを取り出し、冷まして鍛造の元となる鋼とみなした。

銀蔵が、鉄砲の砲身の製造工程について説明を始めた。皆は真剣に聞いている。

「まずは、真金《しんがね》という道具が要ります」

完成時の砲の口径よりやや細く、砲身より長い真金という鉄棒の治具を用意する。これに鉄砲の筒の下地となる瓦金《かわらがね》と呼ばれる四角い鉄板を巻きつける。火入れするときは真金を引き抜き、取り出して鍛造するときは真金を入れる。鉄砲の筒の下地が出来ると、次は、「葛《かずら》巻き」である。薄く細長い板金《いたかね》を用意し、まるでサラシを巻くように筒をぐるぐる巻きにする。大雑把な鉄砲の形状が出来ればこれを焼き入れ、鍛接し、鍛造で形を整えていく。最後に筒の内部は錐にて穿孔し、必要な口径に仕上げ加工する。

この蔓巻きの工程を聞いた時、喜八郎はあっと声を上げた。

「うむ、その葛巻きというもの、英国のアームストロング砲の資料を読んだ時に同じような記載があった。板ではないかもしれぬが、鉄材を巻きつけて強度を出すようだ。それは昔からあったのか」

銀蔵が答えた。

「へえ、この作業はそらもう昔から変わりませんな」

「鍛造の銃砲というものは、古来より同じような工程を持っているものなのだな」

似通った工程があることにより、皆は次第に意を強くした。これはいけるのではないかと。

しかし此度の大筒は、鉄砲の様にはいかない。目方は五十貫を有に超える。

銀蔵が言った。

「しかし、これは目方が相当ありますさけえ、炉への出し入れが難しいですな。真金持ってひょいと持ち上げるというわけにはいきまへん。さてどうするかです」

鋳造の大砲を鋳型から持ち上げ、移動するのに人力の吊り上げ機（クレーン）の様なものはあったが、鍛冶場の中でそれを使うのは困難であった。

慎之介が聞いた。

「此度の大筒は鋳造の大砲と比べれば小さいので、男四人もおれば、担げるのではないでしょうか」

銀蔵がうなった。

「しかし、どないして担ぐかです」

「それでは、たとえば真金を砲身よりかなり長くして、担ぎ棒の代わりにし、両側から男二人ずつで担ぎあげてはどうですか」

銀蔵が膝を叩いた。

「なるほど、なんとかなりそうですな。炉を少々改造したら出来そうですな」

職人らはその方法で納得した。

真金は鋳物で作れば良いが、瓦金と葛巻きに使う板金は、大筒そのものになるので、火縄銃より出来た鋼から鍛造で作らねばならない。

「工程は良くわかった。それではまず、真金、瓦金、そして葛巻きの板金、この三つを用意しようではないか。それをどのように作るかを考えよう」

喜八郎は、アメリカで最新の兵器工場を見てきた。それと比べれば今からやろうとするのは旧時代の、もはや顧みられることがないほどの古びた仕事である。しかしそれを蔑視することなく、銀蔵らがこの巨大な大筒をどうしたら作れるか、精錬方の学者、技師、職人らのありとあらゆる知恵を集めて、この工程を一つずつ確認していった。


部材と道具は揃った。皆が見守る中、瓦金の火入れと巻き付け作業が始まった。瓦金は、巻き付けやすいようにあらかじめ樋《とい》の様な形に湾曲させていた。これを火入れしてある程度のところで取り出し、真金に巻きつける。慎之介や喜八郎が固唾を飲んで見守る中、銀蔵の掛け声ととももに、鉄を打つ音が鳴り響いた。銀蔵の二人の弟子が大槌をふるってこの砲の土台になる瓦金を打ち、真金に絡みつかせる。職人の見せ場である。

「ついに佐賀にも鉄砲鍛冶場ができましたな」

慎之介が横に立つ喜八郎に言った。

「うむ、此処まで来たのだ。きっとうまくいくであろう」

男たちの掛け声と鉄を打つ音が続き、何とか大雑把な巻き付け作業が終わり、瓦金を真金とともに、火入れした。暫く火を入れると、外の瓦金が膨張するので、真金を引き抜くことが出来る。抜いた真金は水で冷やす。

「親父どのが言っておったように、御家老の間では、作れないのであれば買えばいいという意見が多かった。わしもそれで良いと思っておった。お主があのようなことを言い出すまではな。この小さな藩でこれを作ることに意味があるのかどうか、わしには分からん。されどお主も含め、ここにおる者らは何故これほどまでに作りたいのであろうな」

喜八郎の言葉に慎之介は少し驚いたが、前を向いて答えた。

「前に精錬方におられた中村奇輔様は、一から新しい物を作ることはかなわぬまでも西洋人が既に作りたるもの、出来ぬ道理はないという強い考えをお持ちでした。これはまさしく大殿の信念と同じ。その信念に魅かれ、無い物なら自ら作ってみたいという欲を持つ男たちが自ずとこの場所に集まったのでしょう」

喜八郎は笑った。

「変人の集まりと言う者もおる。確かに今のこの時世にこのようなことをしておる藩はないであろうな」

炉の中で真っ赤になった大筒の砲身となるべき瓦金に再び真金を通して担ぎあげて取り出し、鍛造が始まった。巻いた瓦金の接合面を鍛接し、形を整える。鉄を打つことは形を形成するだけでなく、鉄の中にある気泡を外に出し、結晶面を揃え、鉄を強くする効果がある。

喜八郎がつぶやいた。

「今のこの国はあの鉄と同じだな。真っ赤に過熱しており、打ち方次第でどのような形にでもなる。様々な考えの者が寄って集《たか》って赤い鉄を打っておる。多くの者が心中で望むような形になってくれればよいが」

慎之介は鉄から目をそらさず言った。

「いびつな形になる前に、力比べの合戦が必ず起こりましょう。その時、この藩の兵力が求められることになると思います。この仕事は決して無駄にはならぬと信じまする」

次の工程である葛巻きの作業は、人力では及ばぬところもあり、水車を利用した槌打ちを行い、大騒ぎのうちに大筒がほぼ形作られたのは、秋も深まったころである。ここから、佐賀の職人により外部加工と砲腔の施条加工を施せば、いよいよこの大筒が和製アームストロング砲に化けるのである。一番重要な部品である閉鎖栓は、刀鍛冶の名工、橋本新左衛門が自ら腕をふるって仕上げた。

この年、幕府では十一月に徳川慶喜が十五代の将軍職に就き、いよいよ朝廷を挟んで薩長との駆け引きが始まる。また十二月には孝明天皇が崩御した。

八

慶応三年（一八六七）が開けてようやく完成した和鉄鍛造によるアームストロング砲の試放を行うこととなり、大久保台場にこれを運んだが、運んだものは口をそろえて、鋳鉄の砲より重いと言った。射手は、慎之介と足軽の太助が行うこととなった。この実演には、大殿が検分に来られるとのことで皆に緊張が走った。準備は万端、火薬の量は徐々に増やし、英国製の八割を目標とした。

間もなく、本島藤太夫らに伴われて、大殿が現れ、かなり離れた場所から床几に腰かけてこれを見据えた。

慎之介は、バヨネット式の尾栓のハンドルを持ち、回して緩め、閉鎖栓を上部へ抜いた。太助が、砲尾から砲弾と装薬を順に押し込んだ。慎之介が閉鎖栓を挿入、尾栓を閉めてハンドルを金槌で打って強く固定し、火管を挿入した。

船形の的に向けて射角を調整し、喜八郎の「撃てい」の号令とともに火管を引き抜き、点火した。轟音とともに砲弾が飛び出したが、皆が注目したのは砲弾の行方よりむしろ砲の状態である。砲には異常はない。火薬量を増やして第二射、これにもびくともしない。火薬を目標の量にして、第三射、皆の顔が徐々に明るくなってきた。第四射、第五射と続けたが、佐賀の大筒はその表情を変えることなく、どっしりと居すわった。

離れた所から見ていた本島も思わず頬を緩め、閑叟に告げた。

「大殿、今回の施条砲は、うまくいっているようですな。皆の表情が明るい」

閑叟は大きく頷いた。

「短い間によく鍛造であれを作り上げたものだ」

閑叟も鍛造の困難さはよく理解していた。そのあと大砲の方を見ながら眉をひそめ、妙な顔をした。

「あの射手をしておる者、あれは誰じゃ」

「あの者が、龍前慎之介でございます。此度の鍛造の手立てもあの者の発案によるものです」

「あれが噂の龍前か。なるほどの……、あの者と二人で話がしてみたい」

本島は驚いた。

「あの者は身分が手明鑓にございます。大殿への拝謁はかないませぬ。まして二人でなど」

藩規にて平侍以上でなければ藩主への拝謁は出来なかった。

「わしは、既に隠居しており藩主ではない。何とかせよ」

さらに大砲の轟音が鳴り響いていた。

鍛造製のアームストロング砲は、強度十分とみなされ、とりあえずさらに六ポンド砲二門を同じ工程で作ることとなった。

慎之介が本島藤太夫に呼び出された。

「此度は御苦労であった。ところでな、これは内密の話であるが、大殿がお主に会いたいと申される」

慎之介は、耳を疑った。

「お、大殿が、でございますか」

「驚くのも無理はないが、恐らく此度の労をねぎらいたいとの御考えかと思う。しかしお主の身分では難しい。そこで考えたのじゃが、職人の恰好をしてくれるか。大殿の間の庭先には、すぐに手水を使えるように泉水を樋で引いておってな」

閑叟は、極度の潔癖症で、事あるごとに清水で手を洗わなくては収まらない。常に清水が手水《ちょうず》鉢《ばち》に流れる仕掛けを設えていた。

「その手入れで職人がたまに来るのでな。その職人の恰好をしてくれるか」

たとえ武士の恰好でないにせよ、手明鑓にとってこれほど栄誉なことはない。前藩主の鍋島閑叟と直に話が出来るのである。

「にわかには信じられぬことですが、大殿がそうおっしゃるのでしたらその通りにいたします」

本島が段取りを付けてくれた日時に、慎之介は緊張しながら職人の恰好で城内の大殿の間の前栽《ざい》の手水鉢の脇に両膝をついて控えた。間もなく、閑叟が近習らとともに前栽をのぞむ回廊に現れ、その場でどかりと座り、近習らに告げた。

「この者と二人で話がしたい。人払いせよ。お主らもしばし控えよ」

慎之介は平伏したままである。

「そちが龍前慎之介であるな」

「ははっ」

「面《おもて》をあげよ」

慎之介が顔を上げると、そこには顔色は悪いが、眼光鋭い初老の男の顔があった。しかし慎之介を見る目が少し穏やかに変化したのに気づいて、何か安堵感を得た。着物は質素な木綿に見えた。

「此度のアームストロング砲鍛造の件、大儀であった」

「ははっ」

慎之介は褒章でも頂けるものかと期待したが閑叟は意外なことを言い始めた。

「ここからは、内密の話じゃが、そちは皆の者に隠しておることがあるのではないか」

大殿は一体何を言われているのか。答えに窮した。

「あの大砲のことに関してでござりますか」

「そのようなことではない。そちは異能の者と聞くが、その訳、生い立ちのことじゃ」

――まさか……。

背中にさっと冷たい汗が流れた気がした。閑叟が慎之介の顔を窺《うかが》うように見据えた。手水鉢の水の音だけが耳に響く。

「お主は先の世のことを知っておるのであろう。先の世に相手がおったのではないか。誰にも言わぬ故、わしに言うてみよ」

慎之介の体は、小刻みに震えだした。大殿には見抜かれているのだ。しかし一体何故に。

慎之介は汗をぬぐった。

「い、如何にも左様でござりますが」

閑叟は口元を緩めた。

「言いにくそうであるな。さもあらん。ではわしから申す。わしも藩主になる十七の年まで先の世に相手がおった」

慎之介は仰天して、口をあけたまま閑叟の顔を見た。この御方も同じなのだ、自分やお千香と。

「わしの相手は、昭和二十年八月に米軍が長崎に落とした新型爆弾で命を落とした。相手も十七だった。それ以降の記憶はない。そちは、その先も知っておるか」

「はっ、存じております」

「左様か。では聞きたい。あの戦争で日本は滅んだのか」

慎之介はもはや落ち着いていた。同時に閑叟にこれ以上ない親しみを感じた。

「いいえ大殿様、戦争には負けましたが、滅んではおりませぬ。見事に復興し、世界に冠たる工業国になります」

閑叟の表情が和らいだ。

「それを聞けて良かった」

閑叟は、遠くを見る様な目になった。

「わしはな、龍前、あの昭和の戦争を見てつくづく考えた。力もないのにアメリカのような大国に戦争を仕掛けた揚句に、国中が計り知れない痛手を受けた。先の世のことではあるが己の教訓とした。国を思う行きすぎた思想ほど危険なものはない。昭和の『鬼畜米英』というのは、まるで今の攘夷と同じではないか。思想などよりまずは十分な兵力、それを支える工業力をつけねばならぬ。しかれども自分から戦を仕掛けてはならぬ。諍いがあってもどちらかに加担せず中立を守る。戦をせぬためにも力が要るのだ。わしの相手はあまり歴史を勉強せなんだのか徳川の世の終わりのことはよく知らなんだ。いや、知っていたとしてもわしには伝わらなかったのであろう。しかしそれはよかったと思うておる。知らぬ故、何でも己の信ずるがままに決めてきた」

閑叟は再び慎之介を見た。

「もう一つ聞きたい。わしは既に今の幕府を見限った。かといって薩長に加担して倒幕に兵を出す気はない。さてこのあとじゃが、そちはどうなると思う」

慎之介は、すっかり口が乾いてしまったが、無理にぐっと唾を飲み込んだ。

「倒幕など必要なく、幕府は自ら無くなります。新しい政府が出来ます。しかしそのあと各地で徳川寄りの諸藩が新政府に抗するでしょう。それを抑えねばなりません。その時こそ佐賀が兵を出すときです。もし万が一、佐賀が薩長を相手に戦うようなことになれば、それこそ国内の収拾がつかなくなり、国が滅ぶやもしれません。薩長には協力して新しい国の担い手になるべきです」

閑叟は、にやりと笑った。

「安堵したぞ。わしの考えと同じようだな」

「これにより、多くの優秀な佐賀藩士が、新政府で活躍の場を得るでしょう」

「うむ、昭和の世でも名高い大隈重信とは、八太郎のことであるな」

「は、左様でございます。大隈様だけでなく、多くの佐賀藩士がこの先の明治の世で力を発揮されるでしょう」

慎之介は思い切って聞いてみた。

「大殿は何故、私が先の世に相手がいることがお分かりになられましたか」

「うむ、わしは若いころ鏡を見ると自分の肩の後ろに青い光が見えた。今は見えんがな。その光がそちの肩にも見えたのだ。うっすらとな。異能の者との噂のそちにその光が見えたのであるから、すぐに合点がいった」

大殿には神様が見えたようであった。

「龍前、此度はよく話してくれた。これ以上先の世の話を聞くと身体に毒じゃからな。大儀であった。下がってよいぞ」

「ははっ」

慎之介は職人姿のまま、夢を見た様な心持ちで城を後にした。

大殿と会したことは、誰にも言わぬようにと本島から釘を刺されていたが、お千香には言わぬわけにはいかなかった。

「今日、大殿と二人でお会いした」

慎之介は事の次第を告げた。話を聞いたお千香は息をのんだ。

「まあ、何ということでしょう。この佐賀の地で三人もの人が同じように先の世に関わって、それが大殿様とは……、きっとこれは、引き合ったのです」

「そうかも知れぬ。いずれにせよ今日のことがあり、今は大殿様が身近に感じられ、とても他人とは思えぬ。あの御方は他藩の殿様とまるで違う考えがおありで、目指しておられる処も違う。その理由《わけ》が分かった気がする」

お千香は部屋の障子の窓を開けた。星が出ていた。

「星を見るといつも不思議な気になります。先の世で習ったでしょう。あの光がこの地に届くには、計り知れない時間がかかると」

「そうらしいな。億万年か、それほど遠い」

「それと比べれば人の生きるこの地の時間は、ほんの少し。百五十年などすぐ先のこと。この地では未来と過去は絡み合いながら少しずつ先に進むのでしょうか」

九

この年の十月、徳川慶喜により大政奉還が成され、幕府という政府は消滅した。しかし慶喜は朝廷を中心とした新政府の外交など実務は最大の大名家である「徳川家」が中心となり担うという立場を通した。これでは薩長土は収まらない。新政府の担い手が徳川家では維新を成したとは言えない。十二月朝廷より王政復古の大号令が発せられ、慶喜に辞官納地が命ぜられる。しかし徳川側は収まらず、さらに江戸城にまで放火した薩摩を奸賊とみなし、徳川主戦派が大阪城に集結して京の薩長土と対峙、翌年一月の鳥羽伏見の戦いに発展する。結局「錦の御旗」をかざした薩長土に対し、朝敵になることを恐れた慶喜は軍艦で単身江戸へ逃亡し、徳川側は崩れた。

この時、佐賀藩は朝廷の命を受け、閑叟自ら本島喜八郎を含む多数の兵を率いて上洛した。鳥羽伏見の戦闘には間に合わなかったものの、藩意として新政府に協力することを示したことに違いない。この時点から佐賀の国内最強の火力、兵力がその力を発揮することになり、薩長土肥と呼ばれ始める。

王政復古の大号令が出た十二月、佐賀の大久保台場では追加で鍛造したアームストロング砲の最後の試放を行っていた。出来栄えは問題ない。喜八郎は大殿のお供で京へ行く準備で忙しく、もはや此処にはいない。試放に参加したのも、慎之介と精錬方の足軽五名ほどである。鉄砲鍛冶の職人らも国に帰った。これが最後のアームストロング砲、最後の試放になることは皆分かっていた。慎之介は、ほとんどどこにも文書に残していないこの砲のことをせめてこのときだけは記録しようと考え、試放の記録を仔細に「手覚え」として記帳した。口径など砲寸法、火薬の量、標的までの距離など細かく書きつけた。

新しい政府になれば、此処でこのような物作りが出来るかどうかも分からないという懸念は皆持っている。しかし今佐賀に居るほとんどの侍が、この佐賀藩がこれからも存在し、武士の世はこれからも続くと信じ切っている。武士という身分がなくなるなど想像もできないのである。慎之介だけが知っていた。時代がそれを許さないことを。

年が明け、慶応四年（一八六八、九月に元号が明治）、この大きな時代の分かれ目の年、閑叟が全軍出陣の藩意を示したことにより、佐賀の地ではかつてないほどの緊張が走っていた。佐賀兵はこれまで、長州征伐、鳥羽伏見でも実際の戦闘に加わってはいない。後に戊辰戦争と言われるここからの戦において初めて佐賀が誇る最新鋭の銃砲が、調練された兵とともに藩外で火を噴くことになる。

最初に来た命は二月、東征軍北陸鎮撫隊の先鋒であり、主戦力と見られる部隊が続々と出陣した。

次に北陸とは別に遊撃隊という形で、英国より購入したばかりの軍艦「孟春丸」に砲兵と歩兵、銃砲を乗せ、ひとまず兵庫へ向かい、その後関東へ行く段取りとなった。ここに乗せる大砲の種類、数を決めるのも本島藤太夫の仕事のひとつであった。多忙の中、精錬方と、製造方が招集された。喜八郎は大殿のお供で上洛、佐野は欧州へ渡航して不在であった。

「孟春丸に、六ポンドアームストロング砲を二門載せるつもりである。それに関して意見を聞きたい」

田中久重が口を開いた。

「やはり、英国製を使われますかな」

「うむ、やはり信頼できるという意味では英国製になるだろう」

田中が首をかしげた。

「一昨年より精錬方、製造方であれだけ苦労して鍛造した佐賀の大筒、使わなければ苦労も報われなくなる。のう、龍前殿」

慎之介が答えた。

「なんとか予備の砲として積み込むことはできませんでしょうか。佐賀の技術力を新政府に喧伝できる機会にもなります」

本島は暫く考えた。

「うむ、確かに佐賀ではアームストロング砲まで作ったことが伝われば薩長も驚くであろうし、砲兵の士気が上がるということもあるな。記帳は二門のままにしておくが予備として佐賀製も二門積み込むか。それならば龍前、お主も船で共に行くか」

慎之介はもとよりそうしたかった。

「承知つかまつりました」


帰宅してお千香にそのことを告げた。

「やはり出陣されるのですね。関東へ」

「うむ、味方の勝利は間違いないが、佐賀の皆が無事で帰れるかどうかは分からんばい。されど此度は行かねばならぬ」

お千香は下を向いた。

「武家の女子は、このような時こそ、気丈でなければなりませぬ。分かっておるのですが、やはり、心配で、心配で……」

「手明鑓という士分は、いざ戦となれば、鑓一本持って奉行すると定められておる。今がその時。おいは、鑓は使えぬが砲は使える。あのアームストロング砲が、おいの鑓じゃ。天下無双の砲とともに行く故、心配せんでよか」

お千香は、慎之介の手を両手で握った。

「ご武運を……」

慎之介は頷くとともに横ですやすやと寝ていた十歳になった翔一郎の顔を見た。

三重津の港より、孟春丸に銃砲、弾薬が次々と積み込まれた。慎之介は出航前に船底に積まれた砲を確認した。確かに積み込まれている。佐賀製のアームストロング砲が二門、その砲尾のハンドルを少し触って安心した。

間もなく孟春丸は、兵士と銃砲を載せ、三重津の港を汽笛を上げながら出港した。船中の慎之介はその汽笛が、出陣の陣貝の音のように聞こえ、武者震いがした。しかしそれはまた、武士の時代が遂に終わりを告げるのだという惜別の音色にも聞こえた。この戦が終われば、長く続いた武士の時代は本当に終わってしまうのである。

瀬戸内海に抜けると陽が落ち、やがて夕陽に代わって満天の星が現れた。慎之介は一人で甲板に上がってみた。海は静かだが、墨絵の様にうっすらと明く、汽船が波を切る音だけが響く。星を見上げると世話になった人の顔が次々と浮かび上がった。最初にお千香、そして平助、山村、馬場、本島、佐野、中村、喜八郎、大殿、そして最後に翔太の顔が浮かんだ。

「翔太よ、今どこにおるのだ」

慎之介は墨色の海に向かって呟いた。

「おいは、慶応四年、この歴史の分かれ目の年に瀬戸の海で軍艦に乗って出陣しておる。お主のことは生涯忘れぬ。礼を言っても言いつくせぬほど世話にばかりなったが、おいは何もしてやれなんだこと、許してくれ。おいはこれからどうなるか分からんが、お主はいつもおいのこん中におる。ともにこの先の世を生き抜いてみせようぞ」

このあと、佐賀の所有するアームストロング砲は、本島喜八郎を大砲隊長として五十名の兵卒とともに、上野戦争に出向き、その圧倒的火力で上野の彰義隊を殲滅《せんめつ》し、歴史に名を残すことになるのだが、慎之介はこのとき、それをまだ知らない。

そして、慎之介は多くの佐賀藩士とともに歴史に埋もれ、その存在は忘れられた。佐賀製のアームストロング砲も同じようにわずかにその輪郭を残しながらも、実体は歴史の闇の中に消えようとしている。

年　表

元号	西暦	佐賀藩	国内
天保1	1830	鍋島直正、第10代佐賀藩主に就任	
天保11	1840	藩校「弘道館」を移転・拡張 高島流砲術を導入	
弘化1	1844	火術方を設置 直正がオランダ使節船パレンバン号に乗船	オランダの開国勧告
嘉永3	1850	本島藤太夫が主任として製砲の作業着手（大銃製造方） 築地に反射炉建造 枝吉神陽が尊王派「義祭同盟」を結成	
嘉永4	1851	「蘭学寮」設置 佐野常民が中村奇輔ら技術者4人を伴い佐賀に戻る	
嘉永5	1852	築地反射炉で鉄製大砲鋳造に成功 精煉方（理化学研究所）を設置	
嘉永6	1853	幕府から鉄製大砲50門を受注 多布施反射炉を設置 佐野常民が精煉方主任となる	ペリー浦賀に来航 ロシアのプチャーチン、長崎に来航
嘉永7	1854		ペリー再来航、日米和親条約 横浜で電信機の実演
安政2	1855	長崎海軍伝習所へ藩より伝習生参加 弘道館で南北騒動 精煉方で日本初の蒸気車、蒸気船雛型が完成	長崎海軍伝習所開設
安政3	1856	大隈重信　蘭学寮入学	ハリス米総領事（下田）
安政4	1857	中村奇輔ら電信機製作　千住大之助らが薩摩藩を視察した折、島津斉彬に進呈	
安政5	1858	三重津に御船手稽古所（のちの三重津海軍所）設置 初の蒸気船「電流丸」を購入	日米修好通商条約 井伊直弼大老就任 安政の大獄
万延1	1860	藩士8名が遣米使節団で渡米	桜田門外の変
文久1	1861	鍋島直正隠居、直大11代藩主に就任	和宮が江戸到着
文久2	1862	中村奇輔が実験中に負傷 江藤新平脱藩、帰藩後蟄居 閑叟上洛（京都守護職を請願）	寺田屋事件 生麦事件
文久3	1863	三重津で蒸気機関完成	新撰組結成 薩英戦争 八月十八日の政変
元治1	1864	秀島藤之助事件（長崎） 指字式電信機「エーセルテレカラフ」完成	禁門の変 第一次長州征伐
慶応1	1865	大隈重信ら長崎に英学校致遠館建設 三重津造船所で実用蒸気船「凌風丸」竣工	家茂が大阪城入り
慶応2	1866	イギリスから蒸気船「皐月丸」購入	薩長同盟成立 第二次長州征伐 徳川慶喜十五代将軍に就任
慶応3	1867	佐野常民らパリ万博へ 大久保台場で佐賀製6ポンドアームストロング砲試放	大政奉還 王政復古の大号令
慶応4	1868	戊辰戦争に官軍側で参戦 上野戦争でアームストロング砲使用	鳥羽伏見の戦い 江戸城無血開城 上野戦争

あとがきにかえて

アームストロング砲と同等の施条砲が、佐賀藩で製造されたかについては今世紀に入ってから疑問視されるようになりました。その根拠は、錬鉄を精錬しそれを鍛造する工業力が当時の佐賀藩には無かったと見られる故です。反射炉による鋳造の鉄製大砲に関しては多くの資料が残されているにもかかわらず、アームストロング砲に関してはその製造記録が全く残されていないという点も不可解です。しかし写真資料などから形状だけは同等の物が作られたのは間違いなく、それがどのようなものであったのかは、銃砲が専門でない人でも興味がそそられるところです。この小説ではそのゼロでない可能性をフィクションで補いました。いつの日か新しい資料が見つかり、その実体が明らかになることを夢見ます。

作中の反射炉は残念ながら佐賀には残っていませんが、伊豆の国市韮山町で再工事されたものを見ることができます。蒸気機関車、蒸気船の雛型は当時の物が佐賀市の徴古館に所蔵されています。また中村奇輔考案とされる指字式電信機は、長崎県諫早市の個人が所蔵されています。

本書執筆にあたり、司馬遼太郎氏の小説「肥前の妖怪」「アームストロング砲」、高橋克彦氏の小説「火城」及び植松三十里氏の小説「黒鉄の志士たち」に多くの示唆を得たことをここに記します。

参考文献

	著者　編者	書籍、論文名	
1	中野礼四郎 編	鍋島直正公伝	
2	浅野陽吉	田中近江	
3	宇田川榕菴	舎密開宗	
4	杉本勲 他 編	幕末軍事技術の軌跡 佐賀藩資料「松乃落葉」	思文閣出版
5	伊地智昭亘　宇月原貴光	日本の化学の父 宇田川榕菴のライフワーク	函館工業高等専門学校紀要（第51号）
6	大橋周治	ヒュゲーニンの原料銑規定と砂鉄銑	鉄と鋼第73年（1987）第11号
7	中野俊雄	幕末の鋳物の大砲	鋳造工学第72巻（2000）第2号
8	中野俊雄	江戸幕末における反射炉	鋳造工学第80巻（2008）第8号
9	古賀利幸	アームストロング砲と佐賀施条砲について	低平地研究No・22 June2013
10	河本信雄	幕末佐賀藩におけるいわゆるアームストロング砲の製造をめぐって	福岡地方史研究　56
11	小西雅徳	高島秋帆の徳丸原洋式調練と軍制改革	鋳造工学　全国講演大会講演概要集　第146回全国講演

12　永田和宏　たたら製鉄で造った錆びない鉄－和鉄－の謎　化学と教育　64巻2号（2016年）
13　久保田俊輔、峯田元治、安井純一、中江秀雄　江戸時代後期に製作された火縄銃の特異組織と製法　鉄と鋼Vol・97（2011）No・11
14　稲垣忠彦　藩校における学習内容・方法の展開　帝京大学文学部紀要教育学27　1―22（2002）
15　瀬戸口寅雄　日本発明科学者伝　山海堂出版部
16　三好信浩　日本工業教育の成立史の研究　増補　風間書房
17　武雄淳　佐賀藩アームストロング砲　佐賀新聞社
18　中野明　サムライITに遭う　NTT出版
19　毛利敏彦　幕末維新と佐賀藩　中公新書
20　長野進　佐賀藩と反射炉　新日本新書
21　村田全　日本の数学　西洋の数学　中公新書
22　左巻健男　中学生にも分かる化学史　筑摩書房
23　吉田光由　塵劫記　岩波文庫
24　吉田光邦　江戸の科学者たち　教養文庫
25　水野大樹　図解　火砲　新紀元社
26　奥野久輝　江戸の化学　玉川選書

著者略歴

東　圭一

1958年大阪市生まれ。1983年神戸大学工学部卒。IT関連企業勤務中の2012年に「足軽塾大砲顛末」で第十九回九州さが大衆文学賞大賞・笹沢左保賞を受賞する。その他、第二回富士見新時代小説大賞入選、第十回角川春樹小説賞候補など。

来世の記憶

令和２年10月15日発行

著　者　　**東　圭一**

発　行　　佐賀新聞社

販　売　　佐賀新聞プランニング

〒840-0815　佐賀市天神3-2-23

電話　0952-28-2152（編集部）

印　刷　　佐賀印刷社

定価（本体1,000円＋税）